zweisprachig

Der vierte Band von Bodo Jeske enthält die besten Kurzgeschichten von 2008 - 2023.

Diesmal erscheinen sie zweisprachig.
Die Übersetzung ins Englische übernahm freundlicherweise
Runhild Arnold-Schwandt.
Ihr gilt mein besonderer Dank.

Bodo Jeske

10 best short stories for adults only

Übersetzung ins Englische von
Runhild Arnold-Schwandt

in English & German

Bibliografische Information der Deutschen Nationalbibliothek:
Die Deutsche Nationalbibliothek verzeichnet diese Publikation in der Deutschen Nationalbibliografie; detaillierte bibliografische Daten sind im Internet über http://dnb.dnb.de abrufbar.

Umschlaggestaltung: Bodo Jeske, Berlin
Herstellung und Verlag:
BoD – Books on Demand, Norderstedt

ISBN: 9783758318016

Es sind kurze Geschichten mit schwarzem Humor erzählt. Teils sind sie erfunden, teils halb wahr. Wer glaubt, sie zu kennen, dem sei versichert, dass alle Charaktere, Schauplätze und Handlungen in diesen Kurzgeschichten frei erfunden sind.

Ähnlichkeiten mit lebenden und toten Personen sind unbeabsichtigt.

Contents

Inhaltsverzeichnis

The Harley

"I did not know you were in *such* a bad way", Kevin said in a shocked voice. He walked up and down clumsily in the kitchen, ran his hand through his peroxided hair and watched his father sitting at the table and breathing heavily. "If I'd known about this, I'd have come half a year ago, when you sent me that SMS. But I simply didn't understand: *Could you come over? Love, Volker.* I still remember how I read this text to my girlfriend, and how she replied: *Your 40-year-old father needs you? I don't believe it, I need you lots more.*"

"It's ok", Volker said. "At the age of 18, I also used to be hormone-driven."

"And now you keep jogging all day", Kevin said, intending to lighten the mood, since he could not account for his father's wheezing and bodily weakness.

"Last time I jogged was actually five years ago, but I'm still wheezing." There you go, Volker thought, I can be loutish too.

It was only now that Kevin saw his father's thick legs. His lips seemed to be blue as well. So, his father was ill. Critically ill? Why? How come? Should he ask? Kevin was unable to deal with it. Indecisively, he stood at the window and looked at the autumnal front yard. The afternoon sun was shining through the coloured leaves, a breeze carried some of them into the neighbour's yard. There was a silvery glow on the rolling cobbled path leading to the garage, and there it stood on the granite, the sparkling Harley, a dream … Why did it stand there? In this situation, Kevin found it crude to ask his father about the motorbike. Instead, his thoughts were circling around duties: Can I help him? How is his state of health? What does the doctor say? Should I move back home again?

Even though he could hear himself asking: *"Is there any way I can help you?"*, he unswervingly thought about the Harley. He could surely use it to get his girlfriend back, and the clique would show him more respect. Well, it wouldn't be enough to be top dog, he was way too weedy, but it would be great anyway.

"No, I don't think so", Volker said.

"What is this problem of yours called actually?"

"Cardiac insufficiency at terminal stage. Sluggish, listless, all washed out. Always tired. The zest for life is missing and the air to breathe. You keep thinking about the end, asking yourself if this makes any sense at all. … I would not wish that upon my worst enemy."

"Do you still go to work?"

"I stopped that a long time ago."

Kevin sat down with his father at the kitchen table and asked: "How did it all start? Do describe it."

"I used to be weak, always tired after every little thing that I'd done. … Well, I thought, my office job, maybe a lack of training. And then I went to the gym."

"And *that* would help you?"

"Quite the contrary, it became worse."

"And then?"

"Then your mother said: It's about time you go to the doctor!"

"Where is mother, anyway?"

"Still at work."

"And what did the doctor say?"

"Chronic cardiac insufficiency. A long while back, I had a cold, and this led to myocarditis. Probably the whole issue was not quite cured", Volker looked down and slightly shrugged his shoulders. "The heart pumps reasonably but without notable impact. The muscle is too limp and the heart enlarges instead of pressing the blood through my body. If we were able to pull an elastic stocking around my heart, everything would be alright again. But medicine hasn´t got that far yet."

"Can I get that as well?", Kevin asked anxiously.

"Everybody can catch a cold."

"I mean …, is your cardiac insufficiency *contagious?*"

"Why, no", his father reassured him. "We could drink tea from the same cup."

Kevin breathed a sigh of relief. It was only now that he saw the motorbike documents on the kitchen table. However, he did not go into this any further, instead he asked: "And where do you go from here? Recreation? A cure? Any chances of healing?"

His father looked him in the eye from his aged face and said: "Rest and wait …"

"Wait for what?" Kevin's hands cramped at this question. Did he mean: *wait for death to come?*

"My name is on a waiting list. … It's almost hopeless, though. It is about urgency and prospects of success. The agency is Europe-wide. You'd have better chances for a lottery win." Volker fiddled around with his shirt and murmured: "Perhaps they can still take something out of me: Ossicles or the cornea of my eyes are surely usable." He looked at his son again: "It's a case of give and take."

"You may be right there", Kevin said, pushed back his chair, went to the kitchen window again and saw the Harley outside twinkle at him in the sunlight.

"And you're sure I can't do anything for you?", Kevin asked yet again.

"No, all you can do is wait with me and

maybe pray again."

"I'll gladly do this for you … Do you still ride her, anyway?", Kevin asked at last and moved his head in the direction of the Harley.

"That was a long time ago, I can't hold her anymore. That's why I wish to give her to *you* today while I'm still alive."

Now Kevin finally hugged his father and some tears found their way to the corner of his eyes. He didn't know whether these were tears of joy or sadness, they were simply there and he didn't hide them. His father noticed them and was pleased: "You soon would have got her anyway, but in this case I wouldn't have lived to see your joy."

Just a few hours had passed since Kevin had rushed off with the sparkling motorcycle. The evening sun was low and coloured the landscape in red. A police car stopped at the gate. Volker trudged to the door and activated the buzzer at the garden fence. The policemen reported on a major accident. A motorcyclist had broken out of a bend and collided frontally with an oncoming truck. The young man probably could not handle the Harley yet. He was beyond help. "We found your personal data in the vehicle documents", one of the policemen explained. "And you can confirm that this was all in good order?"

"Yes, yes", Volker stammered, "I had just given the Harley to my son. It wasn´t stolen or anything", he reassured the men. "He was supposed to ride carefully. And to register himself as the new owner immediately."

The policemen had long gone when the person on duty of the Eurotransplant international agency was on the phone: "Sorry for bothering so late, but we have found a suitable donor heart for you. Your case is urgent and the chances of success are promising thanks to a genetic match. Could you be available on short call for an operation…?"

That very same evening, Volker took a taxi to the hospital.

By the window

Every time the curtain fell and the applause began in the small-town theatre, Ralf Loser was relieved. Without him, a successful performance was unthinkable, however, his work was hardly noticed. He shifted the scenes in the most inconspicuous way. Ralf Loser was a shifter. His work contract said *stagehand*, which sounded somewhat more important. Work was easy for him, he just had to do what others told him. He was popular because he was reliable. He belonged there. His eyes sparkled whenever he got the chance to buy a drink for a danseuse in the theatre canteen. His money was sufficient, mother would not ask for rent. He thanked her by fixing a number of small problems in the old house.

After evening performances, Ralf Loser would come home late and sleep away most of the morning. His mother used to cook for him. She took care of the garden, did all the chores and when the work was done, she rewarded herself by sitting in her armchair by the window. There used to be nodding or waving when neighbours passed. The neighbourhood was quiet, remote, and popular with burglars.

The years passed by without major changes. Price increases for electricity and gas were the only issues to get excited about.

The sudden death of his mother was a turning point in Ralf Loser´s life.

Mourning was followed by astonishment. He would never have imagined how much work his mother had done on a daily basis, and which was now left undone due to her absence. Besides, Ralf Loser missed the conversation at home. There was nobody there to tell him what had to be done.

Initially, he took his mother's place in her armchair by the window. Eventually it became clear: It was time for a substitute. A woman. But how to get one? Should he beckon … her over from the street? They came by too rarely and even if one did: was she available?

Perhaps he should ask around in the theatre? In this case he would have to buy more than *one* drink though. If he continued to go to work, who would protect his cottage from the burglars meanwhile?

Ralf Loser could only think of *one quick* solution: He needed a dog, not just a small ankle biter! A big and strong one to be afraid of. The dog was easier to get than a woman. Whenever Ralf Loser looked into the dog's eyes, he believed he recognized someone. It was *no nice* person though, rather a ruffian, a rowdy.

Rowdy had a big thick head; he was an unruly dog from the shelter with too much of his self-will. Every walk was a struggle. Ralf Loser, equipped with choke chain and bludgeon, was pulled along by the dog. It was not long before the neighbours knew: He beats the dog in order to get his way, and he locks him up in the kennel day and night.

But Rowdy served his purpose. Everybody was scared of him. Even Ralf Loser.

One evening, it got particularly late after a premiere at the theatre. They were drinking, the spirit was good; but he did not *score*. Finally, Ralf Loser got home. He looked into the dog kennel, pulled the latch away and wanted to get some meat for the dog, … the usual routine, … and finally lock the door again meticulously…

However, he was worn out that night and just wanted to rest for a while. So, he lay on his bed, still fully dressed, arms outstretched, fell asleep immediately and started snoring. It had been too much alcohol.

He did not hear the slight creaking of the door when the dog sneaked in and then jumped onto his enervated master with a huge leap and teeth bared. Ralf Loser eventually woke up and struggled. He tried a stranglehold, but Rowdy did not even pant, he was stronger, bit into his master's throat at lightning speed, tore and ripped his pharynx. Ralf Loser was dead immediately.

The snout still covered with blood, Rowdy sat on the armchair by the window and gazed at the night. It was calm.

Then he sneaked out again and went back into his kennel.

Frank

Rosi Winter put a bookmark into her book, closed it and looked out of the window. She still needed to get used to the wide view. No more of the grey plaster of the second transversal building, no, she viewed the open sea. Every day. Whenever she wanted. On the horizon, container ships were passing from right to left and the other way round. She would no longer count them, neither did she wear a watch. Dusk would set in soon, and the countryside would come to rest. Even more rest. There was no mobile phone reception here.

Rosi Winter had moved from the big city

to the biggest dead zone in Germany, far from any civilization. She wanted it that way. She wanted a breakup after her professional life. While others were frantically busy collecting friends and acquaintances, so they didn't have to be alone in the times of endless freedom, Rosi holed up. She hid away from real life in order to find herself, reflect better and assort unsettled scores.

A nice story. Makes good reading, she thought. But attracting a stranger by means of a sign in the window? *Guesthouse.* Wait like a spider? And if an actual guest comes through the door, the trap snaps shut?

No, she would not lure a stranger. She would do this differently. Rosi Winter *was* different.

"Gee! Rosi, you're still as mad as you were back then!", Frank greeted her. He climbed out of his old Golf, pointed towards the wide-open spaces, the sky, and the sea, before he hugged her: "I've been driving on and on and eventually I thought: This must be the end. There is nothing left to come. ... And then finally the cottage. *Your* cottage?"

"Yes, sure. Directly facing the cliffline. And just imagine: It holds up! Even though the sea takes more and more land. Some day it will all be washed away. But it was affordable that way. And I got free solitude on top."

"A supermarket?", asked Frank and turned around. "Pharmacy? Doctor? Public transport?"

"Four times negative", Rosi said. "It's only me here and apart from that, nothing. And a lot of that, mind you."

"That's awesome, Rosi!" He asked hesitantly: "Are you afraid sometimes?"

"If you ask yourself this question, you have already lost." She linked arms with him and pulled him towards her. "I do have a protector now, though. … How long do you intend to stay, actually?"

"Dunno. Would be nice if I didn´t have to leave straight away."

"But you do remember when the fish begins to smell?", she joked.

"That was, like, three or four days?"

In order to avoid the strong wind, they walked into the house. Now Frank could enjoy the sea view from Rosi´s usual chair: "Wow, that´s good for the senses for sure. But for the soul, too?"

"You mean: I should have people around me? … I don´t need that anymore. I can live without it just as well."

"And what about sex?"

"I´ve truly had enough of that."

"Any serious relationship?"

She shook her head: "I can live without that."

Frank looked her over suspiciously,

28

raised one eyebrow and mused: "Was it that bad? With me back then?"

"Don´t you start up with *that* again! For you, time transfigures everything. Have you forgotten that we got divorced? And that there was at least *one* reason for this?"

"No, I haven´t. … But haven´t you had *more* luck with your marriages after me?"

"No, not really."

"What a pity."

"No pity. Life experience."

"Okay, I see. … However, before I start eating *you*, let´s drive to a restaurant. Let me invite you."

"Nah, never mind. I do want to *hide* you here with me", she joked mysteriously. "And I even have some edibles here, even though there is no supermarket nearby."

The strong red wine caused their thoughts to be slower. Not every question was followed by an answer. The air was heavy with monologues. Eventually, the king-size bed was the only place to be.

The sun had risen without them taking notice of it. Rosi was preparing breakfast when Frank finally awoke. In a dizzy manner, he walked over to the table, requested two aspirin, and asked warily: "Did anything happen between the two of us?" He rubbed one of his cheeks: "Quite painful", he stated. She said furiously: "Yes, there was something! You made a move on me again! At least you tried to. So, I landed you one in the face."

"Bugger! I'm sorry. I guess it was the wine."

"You haven't changed a whit. You wanted to take me like you used to do … Should I sue you now, or what do you expect me to do? Times have changed. You have heard of *MeToo*, haven't you?"

He shook his head: "No, yes, I …"

She mocked him: "I didn't want that to happen, I really didn't. Did I really?"

"Rosi, believe me", he stammered. "I wouldn't travel that far just in order to hurt you. Definitely not. You invited me and I thought to myself: Let's go and see how she is living now."

"Yes, yes", Rosi said thoughtfully, and then she changed all of a sudden, as if a switch had been flipped. She walked around the table, hugged Frank, caressed his head and said softly: "All is well. I was only kidding you. There was nothing during the night." Now she tickled him into a laughing fit. He seemed a bit tortured but it worked.

"And why does my cheek hurt like that?", he asked.

"A mosquito? When it landed on your face, I packed quite a punch."

He exhaled in a relieved manner: "You're driving me nuts."

She pinched both his cheeks. And that settled the matter for her.

After breakfast they went for a walk. Always along the cliff line, high above, naturally. When they passed exceptional spots, they stopped, listened to the sea breathing, and watched it constantly hitting the shore.

Yes, she had lured him here, and now it all came back to her. Of her three marriages, he was the *rapist.* Should she talk it over with him today? The fact that he never had treated her at eye level, that he took her whenever he felt like it? Forcibly too. Confront him about it now? He would certainly try whitewashing it: Cut the crap. Times were different back then. Even Clinton had a good time in the Oval Office. Men all over the world thought and acted like that. It was normal! … Surely this or something similar would be his response.

If only *MeToo* had existed back then, a great number would have been chased out of their exalted positions. And in the small families, some things would have been different. But who is going to report all those unknown rapists today?

Now, up here at the cliff line, it would be a waltz for her to push him. She had the home field advantage, knew every dangerous spot. But she just let him go, watched him explore the steep coast in an intrigued manner, looking into every nook and cranny and chasm. She stretched out her arm in order to point to a certain spot where the sea had already washed away the cliff line, but he had slipped already. The sea needed four breakers. It was only the fifth wave that took him out to the open sea.

Now all that was left to do for her was driving his car across the open border, park it on a market place and simply leave the key in the lock.

That was Frank, she thought.

Peter comes later.

All in White

Or: Last day at work

For Werner Kalkbrenner, this Monday was a day like any other. Ten minutes before the alarm clock rang, he was awake, had a stretch, got up and faced the workday. Actually, he intended to break with old habits and go to work much later. However, since he was a dutiful person, he ended up being two hours late, which the secretary would subtract from his time account.

This was how she reacted indeed. When he tried to sneak past her with a short greeting, she called: "Morning, Mister Kalkbrenner, that is two missing hours on your last day."

He did not give a damn though. Being late saved him the colleagues' Monday morning chatter and their verbal wrap-up of the familial weekend. He absolutely did not care whether some grandchild had flatulence or got their first tooth. He much rather focussed on his work and handled it the way he had always done: With pen and paper, since innovation was not his cup of tea. He had consequently rejected the computer, and successfully so.

Fortunately, there was a regulation in his company that said employees over sixty need not got to training. Thus, he was left in peace. The younger colleagues could handle the computer much more skilfully, they grew up with it and easily came to terms with the constant changes and updates. They used to smile at Werner

Kalkbrenner, they thought he was awe-some, treated him in a warm-hearted way and used to say: "The new stuff is not meant for you, much too complicated. Even for us, it is sometimes hard." He liked their caring way. He sensed some respect there. However, when they used to say subsequently: "We understand this, *Kalki*", all was lost. He realized that he was no longer suitable for the company. The col-leagues became younger and younger, the tasks more extensive and complicated. He felt tolerated, lived on their charity in a manner of speaking. He was weird and for some people he even was a troublemaker.

When his boss had retired a year ago, he, Werner Kalkbrenner, had a major problem. A much younger person became his new superior, and a female one top of it all. Pressure on him increased, he sensed that. However, today everything was going to change, he went through his few sentences in his head: *"I thank you all for bearing with me until the end. I also do not wish to sponge off the company any longer. There is no need for the pension plan. There really is not. At this point, I wish to thank my colleague Ecki, above all, he introduced me to the new technology virtually behind everyone´s back, for example, he explained the new 3-D printer to me and I learned how to use it. I practised after work and at the weekend, and now I am even able to print something. And here is the result ..."*

Abruptly, he was brought back to reality, because his office door was pushed open without previous knocking or calling. The woman in charge came in with a nosegay bouquet in her hand, accompanied by a female colleague from the trade union. They smiled at him. Werner Kalkbrenner understood immediately: No farewell ceremony in the canteen, no, just here in the smallest possible circle. He stood up, went over to them, fiddled with his jacket. The boss began with a short acceptance speech, used well-established text modules, spoke about him without really knowing him, thanked for his punctuality, the accuracy of his work and appreciated his sense of justice. Finally, she added: "We will miss you very much … Make good use of the new time with the family …"

"I have no family", he said, "I am alone. My life was my work and if it were not for Ecki who so patiently introduced me to the new 3-D printer …, I would be empty-handed right now … "

Werner Kalkbrenner pulled a revolver out of his pocket. It lay well in his hand, looked real, a model all in white. Maybe the unusual colour was the reason why no-body was scared.

"This looks great, but all in white? I don´t know", said the boss.

Her escort asked: "Is there a bullet in it?"

Werner Kalkbrenner nodded and said:

"You shall have fond memories of me."

Then he placed the gun under his chin, corrected the trajectory. Nobody stopped him because nobody believed that the revolver would actually work. Werner Kalkbrenner pulled the trigger. His blood splattered in all directions, landed on the boss and her escort, the wall, the floor and also on his desk.

When the women´s screaming had faded away, the boss said: "Well, he sure gave us what for in the end. The troublemaker."

The 30-Euro-Cut

Bavaria, February 2019

Eugen Hörtle was wakened by the noise of a chainsaw. He rubbed his eyes, got up grumpily, looked out of the window, but could not find the noise source. It was 8.30 am.

"Well", he thought. "At least not that early."

At his age, he was tired of being wakened early all the time. However, these were the times. To his left, the neighbors had sold their property, and the new ones had started building. A construction

41

period of six months, daily from 07.00 am. That was over and done with.

But now it was noisy again. Eugen put on warm clothes and left the house. He went down to the water and was as pleased with this plot of land as he had been twenty years ago. Perhaps he would leave it one day, sell it, move away, and spend the money. But for the time being, he could well manage house and garden.

On the water, the ice layer was only thin, the winter lost its power, the sun became stronger and stronger. A gentle breeze blew the long tails of his weeping willow into his neck, and he remembered how he used to sit on the property during the summers, fishing on the spot.

Suddenly, that noise again. Eugen Hörtle had almost forgotten why he had gone outside and towards the water. One glance to the right and all became clear. The neighbor had a tree removed. Interested, Hörtle watched the workmen. Bit by bit, the branches were removed from above. Expertly. One of them sat in the tree, attached the branch to a rope that was strained across another branch. A second person was securing. Then the first one began to saw. The second one slowly let down the cropped branch. Below, he dissevered the twigs, cut the branch in pieces of one meter each and loaded the trailer. The twigs were shredded instantly. Afterwards, the stem was removed bit by bit from above. Again, everything appeared to be very professional and logical.

Eugen enjoyed looking at such operations, it was like a training course for him. And there are indeed many things you can do on your own if only you know how things work.

Nonetheless, he summoned the woodcutters to the garden fence when they were just about to have a small break. He asked whether they could also saw off one of his own branches after their work, seeing that they were already here and he would not have to pay the drive. He pointed towards his weeping willow.

"One of these branches bothers me. The one over there. Every time I want to throw my fishing rod, it gets entangled in the twigs. Mind you, I've got my own saw; but since you are already here? Just one cut! How much do you want for this?"

The woodcutters looked at each other, looked at the weeping willow and estimated their effort: "We oughta take 30 Euros, with invoice", one of them said.

"And without?", Eugen asked.

"It ain't gonna happen without invoice."

"I'll think about it."

Eugen went inside his house, made some coffee and had breakfast. Then he mulled over the price. Of course, he had 30 Euros to spare. But when he had retired nine years ago, his pension had not been so generous. And 30 Euros was a sum he could live off for almost an entire week.

And if he did not throw the fishing rod that far, the cut would not be necessary at all. Well, what the heck! I'll tell them, he thought to himself.

Now Eugen Hörtle stood at the fence again and watched the woodcutters. Everything seemed easy as pie. When they were done, he beckoned them over again.

"I've been thinking about it", he said, "30 Euros are too much for me. It's quite a lot for just one branch. You will see that as well, once you retire! And the branch does not bother me that much. Again, thank you for everything."

"Don't mention it!", the woodcutters said and went off.

If only he didn't lack the impetus, Eugen

Hörtle would be much happier. Whenever he cannot sleep at night, he thinks to himself: Tomorrow, after breakfast, you are going to do this and that. It is quite simple: You take the pruner and crop the apple tree. You cut the long rods from last year, saw off a few twigs and you´re done. However, due to lack of early morning impetus, much work remains undone. On the other hand, he can take the liberty of doing nothing all day long.

This time, it was similar. He had often meant to do it before. But now the impression was still present. He might easily deal with the workflow on his own, and then he would pay himself the 30 Euros for just one cut. That was exactly how he was going to do it now. 'Do it yourself' was the magic word.

Eugen Hörtle fetched a tension belt, the chainsaw, and the ladder from the shed, carried everything to the weeping willow and said to himself: "I'll do without the tension belt. When I saw off the branch, it may as well fall down. So, now just extend the ladder and put it up, pay heed to a stable base, all right. … But I won't lean the ladder towards the stem directly and saw. Rather make a first cut one meter away from the actual spot, and when that is done, saw once again at the stem. That is the only way to make it look neat." No sooner thought than done.

Eugen Hörtle put up the extended ladder, climbed up, down again, corrected the footing, climbed up again, was satisfied. At the bottom again, he tested his chainsaw. It buzzed powerfully. Technically, he would have to hold it with both hands and press two switches at the same time. Far too complicated. Therefore, he had bent a wire in such a way that the saw would no longer power off on its own.

While still standing on the ground, he switched it on and climbed up the ladder with it. Now Hörtle stood in three meters´ height, huddled his body against the ladder, held the saw with both hands, leant forward to the branch, held the saw towards the branch and pressed. The saw ate through the wood only a little. Hörtle pressed even more. All of a sudden, he felt that the ladder yielded, gradually sank into the earth? Tilted? Or was he feeling dizzy? What should he hold on to? Things were going downhill! He held on to … the branch was too far away … the ladder tilted … the saw. When Hörtle hit the ground, the switched-on saw bit into his throat. The artery was cut through immediately, the blood streamed and the saw was still buzzing. An endless noise.

Eugen Hörtle had saved 30 Euros; but he could not receive his payout.

Peter

"Is it as simple as that?" Rosi Winter remembered Frank´s fall off the steep coast, and she still saw in her mind´s eye how the sea took him away. He disappeared without action on her part.

In case the police ever tried to reconstruct his last journey, the following picture would emerge: Even if his smartphone, on the way to the coast, had been switched on and even if movement data were obtained from his provider, these would be incomplete, because they ended the very moment, he entered the dead spot. Frank disappeared. Just like his old Golf did afterwards. Rosi Winter had driven the old car into the neighbouring country, parked it on a market place and left the key in the lock. While sitting in a café facing the square, she had watched a *subsequent owner* drive away in the vehicle. There was no way of relocating the car. Neither for the insurance company nor for the police.

She liked sitting in the snack bar of her supermarket. The *Nordkurier* was available for her to browse while spooning up her soup of the day. Rosi Winter remained mute about this, she asked nobody whether anything exciting had happened. She merely listened.

Three months passed. Frank was no issue. Everything remained … quiet. She felt that she could carry on. For the sake of the unsettled scores. And for justice.

Before long, a cyclone would pass over

the coast, causing her hiking trail to be slippery. Dangerous for city folk. Good for her second guest:

"Gee, Rosi! Frankly speaking, who'd have thunk you would invite me again. But that's how men change", said Peter in greeting.

"*Women*. That's how *women* change", Rosi corrected him and smiled.

"Okay, okay. You have the final say. As ever", he said.

"Now don't make such a fuss about it. I want to share this with you, show you how I spend my retirement. ... Do I sense envy there?", she provoked him.

"Ye-no", he replied, looked around, saw the sea through the big window and said: "It's all great, certainly, for three weeks. But live here forever?" He shrugged his shoulders indecisively.

"Come on", she said. "I know you, Peter. Deep inside, you think this is really *wicked*.

You can't admit it though, because *you* haven't achieved it, but *I* have."

Sourly, he replied: "So the marriage *after* me must have paid off for you. For sure, this wasn't exactly cheap here."

"Oh Peter, now *do* share my happiness! You are just like you used to be … do you still remember how mad you were when they promoted your crony instead of you in the firm. … Gee, you were pissed off. And at home you let off steam. I still know exactly how little it took until you smacked me. At every little opportunity. And woe to me whenever I dared to contradict you! I've had my friend take photos of the bruises. Did you know that at all?"

"You had *what*?", he lost it. "You collected evidence? Against me?" His hand jerked briefly, but he restrained himself: "There's nothing you can do with it. Who cares for a few bruises? You could have caught them anywhere. And why didn't you report me back then?"

"Because I was ashamed! Because of you! And I was ashamed of myself! Should everyone in the street and in your firm know that you are a *thug*? ... No, I didn´t want that. I longed for a harmonious married life, for my little bit of happiness. A thug wouldn´t fit in there. I deluded everyone, in order to maintain this ideal world for others ...", she sobbed.

Peter said: "That was long ago, it´s over and done with. Today you won´t find anybody interested in it."

Rosi Winter nodded. Yes, she knew that. And that was the injustice. She merely smiled.

When they went outside, the coast presented itself in the best light. After the rain, heap clouds piled up in two levels and complemented the picture above the horizon. "You can snapshoot a whole year´s calendar here", Peter romanticized. He produced his smartphone and began.

Appalled, she asked: "Tell me, have you got any mobile reception here?"

He looked at his display: "Nope, no network. Well, it's no wonder out here ... But I want to take some more photos. Come, let's walk ..."

It couldn't have worked out in a better way. Although Peter could not bring himself to praise her cottage, he was crazy about the scenery ... and Rosi knew the way.

It was just like it was three months ago. Only that this time it was *Peter* who explored the steep coast. With his camera skills. Rosi Winter had a hard time following him.

At the most beautiful spot indeed, he waited for her. He absolutely wanted to take a photo of himself, a selfie. And Rosi should be on the picture as well. He took her in his arm, and with the free hand, he adjusted the image, snapped repeatedly, but was not satisfied. He detached himself from Rosi and said: "I need to go further towards the edge … otherwise you won´t see the long way down on the photo." He continued to go backwards with the phone in his hand. Until there was nothing and he stepped into the void …, only his scream could be heard briefly.

Rosi Winter peered over the edge of the cliff cautiously, and when she noticed that Peter was no longer moving, she breathed in deeply. She only started waving about with her arms when she saw hikers coming. Agitatedly, Rosi beckoned them over: "Do you have a mobile phone? One that has reception here?"

"Nah", the young man said. "Sadly, no. But our car is nearby. We can get help."

"Yes, if you could do that …? I'll wait here. Is that okay for you?", Rosi Winter asked.

The couple nodded and they rushed off.

The ocean would not take Peter away. The sea was too calm. *Fall to death while taking selfies.* This could be the headline in the *Nordkurier* tomorrow. Or the day after tomorrow.

That was Peter.

Lars comes later.

Hans

"Oh Elsa, I'm so sorry for you", Helga tried to apologize. "But I feel totally *innocent*. Cats choose their home as well."

Elsa looked out of the window of the café and thought: *She cannot compare Hans to a cat! – But why not? I wonder.* Elsa was busy with her coffee, tried to brush aside the froth with a spoon and finally took a sip. Then she put her hand on Helga's arm, squeezed it softly and said calmly: "It's alright. I had him long enough. After 50 years I think, I might let go."

Helga was relieved: "I think it's great that you are so laid-back. You know, the three of us could still stay friends."

Elsa nodded. "Yes, why not. In case he acts up and won't move, you just call me and ask how to get him back up and running again."

Now Helga giggled: "Like an old kitchen appliance. … And how late in the evening may I call you?"

"When do you go to bed?", Elsa asked in return.

"Well, you know that! Lights off at ten", Helga said.

"Good. Then it's eight at the latest. So there won't be anything naughty", Elsa replied and smiled.

"Oh", Helga dismissed. "We're not anywhere close to that yet. He has only been with me for three days. … It is all so exciting. And you are so big-hearted. Not angry with us at all."

"It's alright. We had our time and it wasn't all a rose garden. … Our lovebird years were followed by the master years. Then the commander years and woe betide if you didn't dance to his tune ... In this case he would become unenjoyable, short-tempered. ... No, he wasn't violent."

"What's the matter with you? When he is with me, he is just nice, cuddly, calm, and well-balanced. He will eat whatever I cook. I cannot imagine any better man", Helga said. But what would she know of life? Hans was her *first* experience.

The waitress fluttered about the two ladies, calling for a consenting nod. Elsa ordered two glasses of white wine. She wanted to know from Helga if Hans had *rung her doorbell*?

"That was really weird", Helga explained: "I was at home and heard noises at my front door, I first thought it was a burglar. I considered what I should do? Call the police? ... Then I grabbed a fireplace poker and opened the door with a jolt. And then Hans stood there with his bunch of keys. He was surprised because he couldn't get the key into the lock. Well, this is what happens if you want to enter the *wrong* terraced house. They all do look the same indeed. Seemed plausible to me. I asked him to come in and we talked for hours and he just stayed."

"Yes, until *I* phoned in."

"Exactly. It was weird. Anyway, I asked you if he could stay overnight. … And you just said *yes*!"

"Why not? We're grown-ups. If he is fine with you and you like him, then everyone benefits from it."

The waitress brought the wine and they toasted each other.

"But you, Elsa, you're all alone now. Aren't you sad?"

"No, not at all. But let's make a deal. Now you've got Hans, he *is* with you and he *stays* there too. Till death do you … oh, let's drop the subject. But seriously, he stays with you and there's no turning back. Agree?"

"Hm, now that is quick. If I agree? I need to ponder. Without any right of return?"

"Exactly. There is no refund on *the product Hans*!"

"I think", Helga said, "I've been alone for long enough. There are only couples everywhere. I used to be the odd one out. It was nice a good many times; but more frequently it was not. I was just bothersome. I would often leave when … I couldn't care less whether Hans is hot-tempered! Better than no Hans at all. Such beautiful blue eyes. … And are you planning to get divorced?"

"Oh, there's no need. The authorities are the only ones to benefit from that. Common-law marriage. We can have it at our age just as well. You have my blessing. But forever. … No refund, like I said. And *doorstep selling* is no accepted excuse! Well, what is it then?"

"My heart says yes, my gut instinct says yes, it is just my mind that doesn't see the catch yet", Helga said.

"There is no catch. We grow old and older, sick and sicker as well. ... So, you take him for good", Elsa dictated.

Helga pondered: "We get along wonderfully, he is calm, smiles at me, and I am not lonely anymore. ... Can I use a lifeline?"

"Who are you going to call? His doctor? 'Phone a friend' is forbidden! You take him, right? And keep him, right? I am the registrar now and ask you for the last time: "Do you ..."

"Yes, I do!", Helga burst out. Now *she* grasped Elsa's hands, squeezed them and asked: "Where is the catch?"

"A catch? ... Hans is so docile because."

"Where is the catch?", Helga asked insistently.

Elsa looked aside sheepishly: "Well, Hans had a mild stroke last week."

The butcher

He whetted his kitchen knives on the grindstone at a very slow pace. They were supposed to be sharp even though he did not need them on a daily basis. A blunt knife was something a real butcher simply would not have. That was something he had learned during his apprenticeship. Handling the tools proficiently.

He was really good, his master had said, but the sales on the meat market decreased and he could employ him for no longer. The competition was too big. Indeed, he meant to match him with the slaughterhouse. However, even that was no option since all positions were filled.

At the job centre, he got a number. They wanted him to write applications. And go to job interviews whenever he was invited. He did so a few times and then no longer. He ignored demand notes. This resulted in benefit cuts. Now he spent all his time at home looking at the walls and his wife. They argued. "You're a failure", she insulted him. She and her son would waste their lives away. They had expected more from him.

Then the visitors came. More and more often. When they stayed overnight, *he* moved into the kid's room. This went on for a while. Now he often sat in the *Soggy Corner*. At least they listened to him there and agreed with him. Eventually, he could bear no more and moved … *tolerated* … back to his parents. But they had troubles of their own. And his allegedly happy childhood was long gone. Why had he been so misty-eyed, he asked himself. His father's beatings and the humiliation by his mother were things he had forgotten about. For self-protection, in order to get on with it, he explained himself. But now it all came back at a single blow. Now his parents aimed all their frustration, all their disappointment at him: "You utter failure! Still unable to lead your own life at the age of 29, crawling back to your parents. Others at your age … eating us out of house and home … for that matter, we had only privations in all these years … all because of you."

"Do you want me to cook something? Stew, for instance?", he asked placably.

"Bring it on then!", his father snapped at him, "and while you're at it, go shopping as well. Groceries, I mean, not just alcohol."

Before he started to work in the kitchen,

he whetted his knives on the grindstone again. He asked himself: How much can a man take? How much humiliation? How much indignity? His entire body felt that he was not wanted. For how long could they stand to live together in this parental home? He needed very little though. A small room was sufficient for him.

The day after, they started arguing because of a trifle. The parents demanded that he moved out again. They could not live under the same roof with a loser. They felt observed. He was just waiting for them, the parents, to die. No, they did not want him in their nest. It was stifling for them. These attacks were followed by expulsion on the next day.

He waited until they were asleep. Then he took the sharp knives, stabbed his parents, chopped them up and portioned them. Later on, he threw the vacuum-sealed packages into the rubbish containers behind the supermarket.

He felt relieved and free. However, it would all be uncovered eventually.

The paupers of the city found the unlabelled packages when they were looking for edibles in the containers. They were overjoyed at the sight of collar steaks, liver, kidneys, goulash, and brains. "What a lucky day, let's feast on it", they shouted, "but we must dig in properly, otherwise it'll all get bad."

Lars

"He wanted to take a selfie", Rosi Winter said to the policewoman. "Initially, he had photographed both of us. Then he wanted to be closer to the edge. Without me, fortunately. He was constantly looking at his smartphone while going backwards. Until he stepped into the void." She shrugged her shoulders helplessly.

"Don't blame yourself, quite some people have fallen here", the policewoman said, "maybe the community should put up a railing *after all*?"

Cautiously bent over, the two women approached the edge of the cliff. Below, they saw the busy emergency doctor. Then they slowly stepped back again.

"What was your relationship with the casualty?"

"We were married."

The policewoman nodded: "The steep coast has a nickname: *The widow-maker*."

"No, no", Rosi Winter corrected. "We were married *in the past*, a few years ago. He came to visit me. I live nearby now."

"Ah! So, *you* live there now?", the policewoman asked. She motioned towards the cottage by the cliffline with her head: "It had been vacant for a long time. … I was inside there once. Really amazing."

"I agree with that."

"So …, settled in already?"

Rosi Winter shook her head: "This will probably take a while. The few people who live here are very withdrawn … Every now and then, I invite some friends. From my old world. In order to *say goodbye*."

"You come from Berlin?", the police-woman asked.

"Yes. Do you hear that?"

"Hm … I´ve been there once. Went to Madame Tussaud´s with my husband, saw the show in the Friedrichstadt-Palast at night, sight-seeing tour the next morning and back home again … we are still enthusiastic about it."

"Yes. I left that behind."

"It is completely different here", the policewoman opined, "but nice as well."

Rosi Winter asked: "And now what?"

"In case of an unnatural death, there is an autopsy. We´ll have to wait for the result."

"Yes, I know that from the movies. How can I help …?"

"Oh, by the way, do come to the police station tomorrow."

"Well, yes. … Why?"

"You still have to register your new residence."

The examination of Peter´s body yielded no evidence of violence. There were neither traces of fighting nor stranger´s DNA under his fingernails. Alcohol and drugs could be ruled out as well. The traces of fabric on his clothes derived from Rosi Winter; however, the photos accounted for that.

Months passed. A handrail and warning signs were mounted, people calmed down.

Rosi stroke a balance: She had let justice take its course twice. She herself had got away with it twice.

There was still Lars. He had not beaten or abused her. But nearly led to her financial ruin. He always had a tip for others. He juggled with money that did not belong to him, went to betting agencies and played poker. At the stock exchange, he lost money as well. Luck was not on his side and eventually Rosi was no longer either. She took the plunge before the situation got out of control.

"Gee, Rosi, what a humble abode is that?", Lars burst out. He inspected everything, assessed the plot of land, the house, and the interior just like a real estate agent. Then he asked: "How much do you want me to get out of it for you? Come on, tell me your price!"

"Hey, nothing's for sale here. ... Or do you need the commission to plug holes again?"

"Money comes and goes", he said knowingly.

She took his hands and checked his fingers: "They are all still there! So, the debt collectors have spared you so far?"

Lars drew his hands back: "Will I ever be able to live down that image? ... I've become totally respectable", he said.

"Why, you should when you face

personal insolvency."

"Told you so: You´re resentful. Anyway, you can be glad …"

"… that I have lived with you? Yes, it has never been boring."

"Glad that I have *not* roped you in. Others of my species have had their wives stand surety for their dealings … went into hiding themselves."

"Now that is mean", Rosi Winter opined.

Lars asked: "Shall we have a smoke outside?"

"Yes", she was already by the coatrack when she heard Lars stammer: "It´s just … mine are used up at the moment. Do *you* have any by chance?"

"No problem. I want to quit smoking anyway. Still got half a carton. You´re welcome to have it."

Lars beamed as if it were Christmas Eve. With the cigarette in hand, he came up directly with his financial issues. He had borrowed the money for his journey, hoping that he could earn something up here. But seeing that it was only an *appointment to view*, he had obviously misunderstood something. An attempt to scrounge something off her followed, combined with the promise to pay it back on short notice. With interest, that goes without saying.

The atmosphere was irritated. She knew his untenable cobblers, clearly refused, and thought of a way to get rid of him quickly? There was still the path by the cliffline …

Lars agreed to her hiking proposal, the more so as it would consume *time* and he would no longer be able to leave that day. Trusting his powers of persuasion, he hoped he would gain some dinner, accommodation, and breakfast. After that, he planned to toddle off.

Eventually they came to *that part* of the track which yielded the most stunning view. They leaned on the railing, watching the sea surge against the coast deep down. They listened to the forces of nature and heard an increasing noise. At lightning speed, Rosi Winter forced Lars to squat down, when an unmanned aerial vehicle flew over their heads at the same time and disappeared again just as quickly.

"Wow, that was close", Lars said. "I think you just saved my life."

They held on tight to the handrail. Rosi knocked on it and said: "Thank you, railing. You served us well!"

"Does this happen here often?", Lars asked, scared.

Rosi found no explanation. And there was nobody in sight.

After this shock, even the cranky mood was gone. And when Lars had recovered, he began talking about his lack of money again. He succeeded in arousing Rosi´s compassion, although this does not mean she lent him money. No, she stood firm in this respect. But she let herself be talked round and accepted the cheapest option for the trip home by coach next morning.

After breakfast, she drove Lars to the town in her car, paid the ticket for the *Lightning Coach* to Berlin and waited until he had got inside and actually gone off. Her hesitant wave meant: We will not see each other again, we are too different, and actually this invitation was a mistake.

In the evening, Rosi Winter heard the radio announcement that a *Lightning Coach* on the way to Berlin had hit the tail end of a traffic jam and, by the impact of the crash, had been catapulted into a bridge pillar. The driver had probably been overtired. There were many dead and seriously injured …

The announcement was unspecific. Some questions remained unanswered, such as when the accident happened and where the bus came from? … However, Rosi Winter did not really want to know all the details.

Lars was gone.

And then there were none.

Bobby Yes

Cardiff, October 2020.

Bobby Yes lived in a cottage by the edge of the forest together with his girlfriend. While she held down a regular job, Bobby spent his days and nights writing.

From the house, a narrow, dead straight path led down to the street. There, down below, his mail box was attached to a pole. Sometimes wanderers walked along the path. He had never had any visitors so far. Bobby Yes looked out of the window and did not believe his eyes. There, somebody was actually coming all the way to the top, directly towards him.

"Found!", the stranger shouted from afar, waving some documents about. He had sniffed out Bobby Yes. Although some would-be writers practically went into hiding, Bobby Yes was pleased about somebody tracking him down.

The long way to the house made the stranger wheeze. He often thought to himself: *Oh, if only I had learned something decent, so I wouldn´t have to seek people out in the solitude.* Talent scouting was demanding for him. However, as an agent of a big US publisher, he had at least a share in profits, namely the prospective sales. It was his job to find good authors and bind them to the publishing house.

Now the stranger had arrived at the cottage. There was no doorbell. So, he knocked on the wooden door with his delicate knuckles. *Ouch*, he thought. Nobody answered the door. Through the window, nothing was visible. Disappointed, he sat down on the bench in front of the house.

In his thoughts, he went through his strategy again: He needed to compliment Bobby Yes, place his texts in the tradition of other literary giants, submit an offer, persuade him, and optimally return with his signature.

Suddenly, he heard noises inside the house. So, somebody was home after all! He jumped up, waved his documents around in front of the window and knocked on the glass pane this time. *Ouch* again.

Finally, the door opened. The stranger asked: "Hey, nice to see you. Are you Bobby Yes?"

"Yes, I am Bobby."

The stranger continued: "Well … I came because … I am an agent."

"CIA or KGB?"

"I am a literary agent and come from

America", the stranger said. He had a slight build and wore a suit of immaculate fit.

"No kidding? And you're sure there is no mistake? You really came to see *me*?", Bobby Yes asked incredulously. He had the eyes of a Saint Bernard dog, big lacrimal sacs, wrinkles on his forehead and messed-up hair sticking out from his head. Since he had not expected anyone, he was still wearing his dressing gown, and it seemed as if he had only just got up. Somehow Bobby Yes had not fully realized yet that there was a literary agent in front of his door. So far, the publishers he contacted had either not responded at all, rejected him or, at best, put him off.

"I have read many of your texts in the internet … Google and stuff."

"Oh wonderful. They give away way too much, nobody will buy anything after that. Do you want to come in? The October weather is not *that* nice after all."

The agent entered the house, sat down, immediately put the contract on the big table and looked around. It was tidy. The fire in the open fireplace was quirky. The smoke did not find the chimney, searched its way through the living room and, together with the humidity of the house, yielded a peculiar smell.

"May I offer you anything? A whiskey perhaps?", Bobby Yes asked, "how would you like it: With ice or without?"

The agent knew that opinions were divided here: "Oh, I really would not want to do anything wrong and possibly anger you. I know, some say it must be at room temperature and not diluted, others only take it with ice. Let´s just say: I drink it the same way as you do."

Bobby Yes poured the lukewarm whiskey and they raised their glasses. With a peek to his computer, Bobby Yes asked directly: "So what do you want from me, anyway? I am working on a new story …"

The agent nodded to him and replied: "Let's make short of it: I want the publishing rights for our company. My bosses say that you are on an equal footing with Roald Dahl and Henry Slesar. *You all write in such a similar way, you Englishmen!* Do you want to publish your stories with us? I supply you with access to the American market, and it is huge."

Bobby Yes poked his left index finger up his ear and shook it. Had he misheard? What was that just now? He, on equal footing with all the late giants? He asked very straightforwardly: "Is there any advance payment?"

"Yes, ten thousand. It will be charged out later. Just sign here." The agent pointed at his paperwork and Bobby Yes did as he was told.

"That was a good decision", said the

agent, "I congratulate you. And I have another good advice for you: Do believe in yourself. *You are good!* Our people feel that, and they have a sixth sense for this kind of thing."

Es folgen die Geschichten im Original.

Die Harley

„Ich habe nicht gewusst, dass es *so* um dich steht", sagte Kevin betroffen. Er lief unbeholfen in der Küche auf und ab, fuhr sich mit der Hand durchs blondierte Haar und sah zu seinem Vater, der am Tisch saß und schwer atmete. „Hätte ich das geahnt, wäre ich schon vor einem halben Jahr gekommen, als du mir die SMS geschickt hast. … Aber ich habe ganz einfach nicht geschaltet: *Kannst du nicht mal vorbeikommen? Liebe Grüße Volker*. Ich weiß noch, wie ich deinen Text meiner Freundin vorlas, und wie sie antwortete: *Dein 40jähriger Vater braucht dich? Das glaub' ich nicht, ich brauch' dich viel mehr."*

„Ist schon gut", sagte Volker. „Mit 18 lief ich auch hormongesteuert rum."

„Dafür joggst du jetzt den ganzen Tag", sagte Kevin und wollte damit die Situation auflockern, denn er konnte sich das Schnaufen und diese körperliche Schwäche bei seinem Vater nicht erklären.

„Mein letztes Joggen liegt bestimmt fünf Jahre zurück, aber ich schnaufe noch immer." Na bitte, dachte sich Volker, flapsig kann ich auch.

Kevin sah erst jetzt die dicken Beine seines Vaters. Auch die Lippen schienen blau zu sein. Sein Vater war also krank. Schwer krank? Warum? Wieso? Sollte er fragen? Kevin konnte damit nicht umgehen. Unschlüssig blieb er am Fenster stehen und sah in den herbstlichen Vorgarten. Die Nachmittagssonne schien durch die bunt verfärbten Blätter, der leichte Wind trug die ersten von ihnen in Nachbars Garten.

Der geschwungene, kleingepflasterte Weg zur Garage leuchtete silbrig, und auf den Granitsteinen stand funkelnd die Harley, ein Traum … Wieso stand sie da? In dieser Situation fand es Kevin geschmacklos, seinen Vater auf das Motorrad anzusprechen. Stattdessen kreisten seine Gedanken im Pflichtbereich: Kann ich ihm helfen? Wie ist seine gesundheitliche Lage? Was sagt der Arzt? Soll ich wieder zu Hause einziehen?

Obwohl er sich fragen hörte: *„Kann ich dir irgendwie helfen?"*, dachte er unentwegt an die Harley. Mit ihr könnte er bestimmt seine Freundin zurückholen, und in der Clique würde sein Ansehen steigen. Nun, für den ersten Platz würde es nicht reichen, dazu war er zu schmächtig; aber es wäre schon toll.

„Nein, ich glaube nicht", sagte Volker.

„Wie nennt man das eigentlich, was du hast?"

„Herzschwäche im Endstadium. Ich bin schlapp, schlapp und nochmals schlapp. Ständig müde. Die Lust fehlt und die Luft. Man denkt schon ans Ende, fragt sich, ob alles noch einen Sinn macht. Das wünsch' ich keinem."

„Gehst du noch arbeiten?"

„Schon lange nicht mehr."

Kevin setzte sich zu seinem Vater an den Küchentisch und fragte: „Wie fing das eigentlich an? Beschreib' doch mal."

„Ich war ständig schwach, immer erschöpft nach jeder Kleinigkeit. ... Naja, dachte ich, mein Bürojob, bist halt untrainiert. Und dann bin ich ins Fitnessstudio gegangen."

„Und *das* hat dir geholfen?"

„Im Gegenteil, es wurde schlimmer."

„Und dann?"

„Dann hat Muttern gesagt: Nun geh endlich mal zum Arzt!"

„Wo ist eigentlich Muttern?"

„Noch auf Arbeit."

„Und was hat der Arzt gesagt?"

„Chronische Herzschwäche. Ich war mal vor längerer Zeit erkältet, und da hatte sich der Herzmuskel mit entzündet. Die ganze Sache war höchstwahrscheinlich nicht richtig auskuriert", Volker sah nach unten, hob leicht die Schultern. „Das Herz pumpt zwar ordentlich, aber ohne große Wirkung. Der Muskel ist zu schlaff und das Herz vergrößert sich, anstatt das Blut durch den Körper zu drücken. Wenn man einen elastischen Strumpf um das Herz ziehen könnte, wäre alles wieder gut. Aber so weit ist die Medizin noch nicht."

„Kann ich das auch kriegen?", fragte Kevin besorgt.

„Eine Erkältung kann jeder bekommen."

„Ich mein' …, ist deine Herzschwäche jetzt *ansteckend?*"

„Aber nein", beruhigte ihn sein Vater. „Wir könnten Tee aus einer Tasse trinken."

Kevin atmete erleichtert auf. Erst jetzt sah er die Fahrzeugpapiere auf dem Küchentisch liegen. Er ging aber nicht darauf ein, fragte stattdessen: „Und wie geht's weiter? Erholung? Eine Kur? Heilungschancen?"

Sein Vater sah ihm aus seinem alt gewordenen Gesicht direkt in die Augen und sagte: „Ich soll mich schonen, schonen und warten …"

„Worauf warten?" Kevins Hände verkrampften sich bei dieser Frage. Meinte er: *auf den Tod warten?*

„Ich steh' auf einer Warteliste. … Ist aber fast aussichtslos. Es geht dabei um Dringlichkeit und um Erfolgsaussichten. Die Vermittlung erfolgt europaweit. Da hat man im Lotto mehr Chancen." Volker nestelte an seinem Hemd herum und murmelte: „Vielleicht kann man mir noch etwas entnehmen: die Gehörknöchelchen oder die Hornhäute meiner Augen sind bestimmt noch brauchbar." Er sah wieder zu seinem Sohn: „Man soll nicht immer nur nehmen; man muss auch geben können."

„Da magst du wohl recht haben", sagte Kevin, schob seinen Stuhl zurück, ging wieder zum Küchenfenster und sah draußen die Harley, wie sie ihm im Sonnenlicht zuzwinkerte.

„Und ich kann wirklich nichts für dich tun?", fragte Kevin noch einmal.

„Nein, du kannst nur mit mir gemeinsam warten und vielleicht wieder einmal beten."

„Das will ich gern für dich tun ... Fährst du sie eigentlich noch?", fragte Kevin nun doch und machte eine Kopfbewegung zur Harley.

„Schon lange nicht mehr, ich kann sie nicht mehr halten. Deshalb möchte ich sie *dir* heute schenken, quasi noch zu meinen Lebzeiten."

Nun umarmte Kevin endlich seinen

Vater und es traten ihm ein paar Tränen in die Augenwinkel. Er wusste nicht, ob sie vor Freude oder aus Kummer kamen, sie waren einfach da und er versteckte sie auch nicht. Sein Vater bemerkte sie und war froh darüber: „Demnächst hättest du sie sowieso bekommen; aber ich hätte deine Freude nicht mehr erleben können."

Es waren erst wenige Stunden vergangen, seit Kevin mit der funkelnden Maschine losgebraust war. Die Abendsonne stand tief und färbte die Landschaft rot ein. Am Grundstückstor hielt ein Polizeiauto. Volker schleppte sich zur Haustür und betätigte den Summer am Gartenzaun. Die Polizisten berichteten von einem schweren Verkehrsunfall. Ein Motorradfahrer sei aus einer Kurve herausgetragen worden und mit einem entgegenkommenden Lkw frontal zusammengestoßen. Der junge Mann beherrschte wohl die Harley noch nicht.

Für ihn kam jede Hilfe zu spät. „In den Fahrzeugpapieren hatten wir *ihre* Personalien gefunden", berichtete einer der Polizisten, „und sie können uns bestätigen, dass alles seine Richtigkeit hatte?"

„Ja, ja", stammelte Volker, „ich hatte die Harley gerade meinem Sohn geschenkt. Da ist nix geklaut oder so", beruhigte er die beiden. „Vorsichtig sollte er fahren. Und die Maschine gleich ummelden, auf seinen Namen."

Lange nachdem die Polizisten fort waren, meldete sich am Telefon der Diensthabende der internationalen Vermittlungsstelle Eurotransplant:

„Entschuldigen Sie bitte die späte Störung, aber wir haben für Sie ein passendes Spenderherz bekommen. Ihre Dringlichkeit liegt uns vor und die Erfolgschancen sind, aufgrund einer genetischen Nähe zu ihnen, vielversprechend. Wenn Sie sich kurz-

fristig für eine Operation bereithalten würden?"

Noch am selben Abend ließ sich Volker
von einem Taxi in die Klinik bringen.

Am Fenster

Wenn im kleinen Stadttheater der Vorhang fiel und der Beifall einsetzte, war Ralf Loser erleichtert. Ohne ihn gäbe es keine gelungene Vorstellung, aber seine Arbeit wurde kaum wahrgenommen. Er schob, möglichst unbemerkt, die Kulissen. Ralf Loser war ein Kulissenschieber. In seinem Arbeitsvertrag stand jedoch *Bühnenarbeiter*. Das klang bedeutender. Die Arbeit war für ihn leicht, er musste nur machen, was andere ihm sagten. Er war beliebt, weil er zuverlässig war. Er gehörte dazu. Seine Augen glänzten, wenn er in der Theaterklause einer Tänzerin ein Getränk spendieren durfte. Mit seinem Geld kam er so hin, die Mutter verlangte keine Miete. Dafür reparierte er Kleinigkeiten am alten Haus.

Wenn abends Vorstellung war, kam Ralf Loser erst spät nach Hause und schlief dann bis weit in den Vormittag hinein. Seine Mutter bekochte ihn. Sie machte alles, den Garten, den Haushalt, und zur eigenen Belohnung setzte sie sich nach getaner Arbeit in ihren Sessel am Fenster. Wenn mal ein Nachbar vorbeiging, nickte man sich zu; oder man hob die Hand zum Gruße. Die Gegend war ruhig, abgelegen und bei Einbrechern sehr beliebt.

Die Jahre verstrichen ohne große Veränderungen. Einziger Aufreger waren die Preiserhöhungen für Strom und Gas.

Der plötzliche Tod seiner Mutter war ein Einschnitt in Ralf Losers Leben. Nach der Trauer folgte die Verwunderung. Nie hätte er gedacht, wieviel Arbeit seine Mutter täglich erledigt hatte, die nun, aufgrund ihrer Abwesenheit, liegenblieb. Auch fehlten Ralf Loser die Gespräche zu Hause. Keiner sagte ihm mehr, was zu machen sei.

Zunächst nahm er den Platz der Mutter im Sessel am Fenster ein. Schließlich wurde ihm klar: Ersatz musste her. Eine Frau. Aber wie sollte er das machen? Sollte er von der Straße eine Frau hereinwinken? Zu selten kam eine vorbei und wenn doch: war sie auch frei?

Vielleicht sollte er im Theater herumfragen? Dann müsste er aber mehr als nur *ein* Getränk ausgeben. Wer nur sollte in der Zwischenzeit sein Häuschen vor Einbrechern schützen, wenn er weiterhin zur Arbeit ginge?

Ralf Loser fiel nur *eine schnelle* Lösung ein: Ein Hund musste her, nicht ein kleiner Kläffer! Groß und kräftig sollte er sein, einer, vor dem man Angst hatte.

Den Hund bekam er schneller als eine

Frau. Wenn Ralf Loser dem Hund in die Augen sah, glaubte er, in ihm jemanden zu erkennen. Es war aber *keine liebe* Person, eher ein Rüpel, ein Rowdy.

Rowdy hatte einen großen, dicken Schädel, war ein schwieriger Hund aus dem Tierheim. Mit zu viel eigenem Willen. Jeder Spaziergang war ein Kampf. Mit Würgehalsband und einem Knüppel in der Hand ließ sich Ralf Loser ziehen. Schnell war den Nachbarn klar: Er schlägt den Hund, um sich durchzusetzen, und er sperrt ihn Tag und Nacht im Zwinger ein.

Aber seinen Zweck erfüllte Rowdy. Alle hatten vor ihm Angst. Auch Ralf Loser.

Einmal ging es abends nach einer Premiere am Theater länger. Es wurde getrunken, die Stimmung war gut; aber es *ergab* sich nichts für ihn. Endlich war Ralf Loser zu Hause. Er schaute in den Zwinger, schob den Riegel weg und wollte noch

Fleisch für den Hund holen, … die üblichen Handgriffe, … und zum Schluss wieder die Tür gewissenhaft verriegeln …

Doch an diesem Abend war er geschafft und er wollte sich nur mal kurz ausruhen. So lag er, noch angezogen, mit ausgebreiteten Armen auf seinem Bett, schlief sofort ein und schnarchte. Es war zu viel Alkohol gewesen.

Das leichte Knarren der Tür hörte er nicht, als sich der Hund reinschlich, dann mit einem Satz auf das geschwächte Herrchen sprang und die Zähne fletschte. Von all dem nun wachgeworden, wollte sich Ralf Loser wehren. Er versuchte es mit einem Würgegriff, aber Rowdy röchelte nicht einmal, er war kräftiger, biss blitzschnell in die Kehle seines Herrchens, riss und zerrte an seinem Schlund. Ralf Loser war sofort tot.

Noch mit Blut an der Schnauze setzte sich Rowdy auf den Sessel am Fenster und sah in die Nacht. Sie war ruhig.

Dann schlich er sich wieder raus und ging zurück in seinen Zwinger.

Frank

Rosi Winter legte ein Lesezeichen ins Buch, klappte es zu und sah aus dem Fenster. An den weiten Blick musste sie sich noch gewöhnen. Nicht mehr der graue Putz des zweiten Quergebäudes, nein, jetzt sah sie aufs offene Meer. Jeden Tag. Wann immer sie wollte. Am Horizont zogen Containerschiffe von rechts nach links und von links nach rechts. Sie zählte sie nicht mehr, trug auch keine Armbanduhr. Es müsste bald die Dämmerung einsetzen und das Land zur Ruhe kommen. Zu noch mehr Ruhe. Hier gab es keinen Handyempfang.

Rosi Winter war von der Großstadt ins

größte Funkloch Deutschlands gezogen, fern ab jeglicher Zivilisation. Sie wollte es so. Sie wollte den Bruch nach ihrer Berufstätigkeit. Während andere ständig Freunde und Bekannte krampfhaft sammelten, um nur nicht allein zu sein in der Zeit der endlosen Freiheit, verkroch sich Rosi. Sie krabbelte weg aus dem wahren Leben, um sich zu finden, besser nachdenken zu können und offene Rechnungen zu sichten.

Eine schöne Geschichte. Liest sich gut, dachte sie. Aber mit einem Schild im Fenster einen Fremden locken? *Pension.* Warten wie eine Spinne? Und wenn tatsächlich ein Gast durch die Tür tritt, schnappt die Falle zu?

Nein, sie würde keinen Fremden locken. Sie würde das *ganz anders* machen. Rosi Winter *war* anders.

„Mensch, Rosi, du bist ja noch immer so verrückt, wie damals!", so begrüßte sie

Frank. Er kletterte aus seinem alten Golf, zeigte auf das weite Land, den Himmel und das Meer, bevor er sie in die Arme nahm: „Ich bin gefahren und gefahren und dachte schon: Gleich ist Schluss. Da kommt nichts mehr. … Und dann endlich das Häuschen. *Dein* Häuschen?"

„Ja, klar. Direkt an der Steilküste. Und stell dir vor: sie hält! Obwohl sich das Meer immer mehr Land holt. … Irgendwann wird alles weggespült sein. Aber *so* war es bezahlbar. Und die Einsamkeit gab es umsonst dazu."

„'Ne Kaufhalle?", fragte Frank und drehte sich um. „Eine Apotheke? Arzt? Öffentlicher Nahverkehr?"

„Viermal Fehlanzeige", meinte Rosi, „Hier gibt es nur mich und sonst nichts. Und davon viel."

„Echt stark, Rosi!" Zögerlich fragte er: „Hast du manchmal Angst?"

„Wer so fragt, hat schon verloren." Sie

hakte sich unter und zog ihn an sich. „Aber jetzt hab' ich ja einen Beschützer. … Wie lange willst du eigentlich bleiben?"

„Weiß auch nicht. Wäre schön, wenn ich nicht sofort wieder los muss."

„Aber du weißt noch, wann der Fisch zu stinken beginnt?", scherzte sie.

„Das war so nach drei, vier Tagen?"

Um dem kräftigen Wind auszuweichen, gingen sie ins Haus. Nun konnte auch Frank von Rosis Stammplatz den Blick auf das Meer genießen: „Wow, für die Sinne bestimmt gut. … Aber für die Seele?"

„Du meinst: Ich sollte Leute um mich haben? … Das brauch ich nicht mehr. Ich kann auch ohne leben."

„Und was ist mit deinem Sex?"

„Davon hatte ich wahrlich genug."

„Eine feste Beziehung?"

Sie schüttelte den Kopf: „Ich kann auch ohne leben."

Frank sah sie argwöhnisch an, zog eine Augenbraue hoch und meinte: „War es denn so schlimm? Mit mir damals?"

„Fang nicht wieder *so* an! Bei dir verklärt sich alles mit der Zeit. Hast du vergessen, dass wir geschieden wurden? Und es dafür mindestens *einen* Grund gab?"

„Nein, das hab' ich nicht, … aber hattest du nicht *mehr* Glück mit deinen Ehen nach mir?"

„Nein, nicht wirklich."

„Schade."

„Nicht schade. Lebenserfahrung."

„Okay, verstehe, … aber, bevor ich dich auffresse, lass uns zu einem Restaurant fahren. Ich lade dich ein."

„Nee, lass mal. Ich will dich ja hier bei mir *verstecken*", scherzte sie, „und ich hab' sogar etwas Essbares da, auch wenn es keine Kaufhalle in der Nähe gibt."

Vom schweren Rotwein wurden ihre

Gedanken langsamer. Nicht jeder Frage folgte eine Antwort. Monologe hingen in der Luft. Schließlich zog nur noch das Doppelbett.

Die Sonne hatte ihren Aufgang hingelegt, ohne von den beiden beachtet zu werden. Rosi machte das Frühstück, als Frank endlich wach wurde. Benommen kam er zum Tisch, bat um zwei Kopfschmerztabletten und fragte vorsichtig: „War da was zwischen uns?" Er rieb sich eine Wange: „Tut ganz schön weh", stellte er fest. Erbost sagte sie: „Ja, da war was! Du hast dich wieder über mich hergemacht! Hast es zumindest versucht. Da hab' ich dir eine geknallt."

„Ach Mensch, entschuldige. War wohl der Wein."

„Du hast dich keinen Deut geändert: Wie früher wolltest du mich nehmen … Soll ich dich jetzt anzeigen; oder wie stellst du dir das vor? Die Zeiten haben sich geändert. Von *MeToo* hast du schon gehört, oder?"

Verzweifelt schüttelte er den Kopf: „Nein, ja, ich …"

Sie äffte ihn nach: „Ich wollte das nicht, wirklich nicht. Hab' ich denn tatsächlich?"

„Rosi, glaub mir", stammelte er. „Ich fahr doch nicht so weit, um dir wehzutun. Ganz bestimmt nicht. Du hast mich eingeladen und ich dachte mir: Schaust mal, wie sie jetzt so lebt".

„Ja, ja", sagte Rosi nachdenklich, und dann war sie plötzlich verändert, als ob ein Schalter umgelegt wurde. Sie ging um den Tisch herum, drückte Frank an ihren Busen, streichelte seinen Kopf, und sagte sanft: „Alles ist gut. Das war eben ein Scherz von mir. Da war nichts in der Nacht." Nun kitzelte sie ihn ab, so dass er lachen musste. Es war gequält.

„Warum tut mir meine Wange weh?"

„Eine Mücke? Als sie auf deinem Gesicht

landete, hab' ich zugeschlagen."

Erleichtert atmete er aus: „Du machst Sachen mit mir."

Sie kniff ihn in beide Wangen. Und damit war es für sie erledigt.

Nach dem Frühstück folgte ein Spaziergang. Immer an der Steilküste entlang, oben natürlich. An besonderen Stellen blieben sie stehen, hörten dem Meer zu, wie es atmete, und sahen, wie es stetig an die Küste schlug.

Ja, sie hatte ihn hergelockt, und nun kam alles wieder hoch. Von ihren drei Ehen war er *der Vergewaltiger*. Sollte sie heute mit ihm diskutieren? Dass er sie nie gleichwertig behandelt hatte, dass er sie sich nahm, wenn ihm danach war? Auch mit Gewalt.

Ihn jetzt zur Rede stellen? Er würde sich garantiert rausreden: Hör doch auf damit. Das waren andere Zeiten. Selbst der

Clinton hat es sich im Oval Office besorgen lassen. Überall haben die Männer so gedacht und es gemacht. Es war normal! ... So oder ähnlich wäre bestimmt seine Antwort.

Hätte es damals schon *MeToo* gegeben, hätte man bestimmt viele aus dem Amt gejagt. Und in den kleinen Familien wäre manches anders gelaufen. Doch wer zeigt heute all die vielen, unbekannten Vergewaltiger an?

Jetzt, hier oben, an der Steilküste wäre es ein Leichtes für sie, ihn zu schubsen. Sie hatte den Heimvorteil, kannte jede gefährliche Stelle. Aber sie ließ ihn einfach laufen, sah zu, wie er interessiert die steile Küste erkundete, in jede Ecke schaute und in jeden Abgrund. Mit ihrem Arm zeigte sie auf eine besondere Stelle, an der das Meer die Steilküste bereits unterspült hatte, aber da rutschte er schon. Das Meer brauchte vier

Schläge. Bereits die fünfte Welle nahm ihn mit hinaus.

Nun musste sie nur noch sein Auto über die offene Grenze fahren, auf einem Marktplatz abstellen und die Schlüssel einfach stecken lassen.

Das war Frank, dachte sie.

Peter folgt später.

Ganz in Weiß

oder: Der letzte Arbeitstag

Für Werner Kalkbrenner war dieser Montag ein Tag wie jeder andere. Zehn Minuten bevor der Wecker klingelte, war er wach, reckte sich, stand auf und stellte sich dem Arbeitstag. Eigentlich wollte er heute mit seinen Gewohnheiten brechen und viel später zur Arbeit gehen. Aber, pflichtbewusst wie er war, wurden daraus gerade mal zwei Stunden, die die Sekretärin von seinem Überstundenkonto abziehen würde.

Und tatsächlich reagierte sie so. Als er

sich mit einem kurzen Gruß an ihr vorbei-
schleichen wollte, rief sie: „Morgen, Herr
Kalkbrenner, macht zwei Minusstunden
an ihrem letzten Tag."

Aber das war ihm völlig schnuppe. Mit
seinem verspäteten Kommen sparte er sich
das montagmorgendliche Gequatsche der
Kolleginnen und Kollegen und deren ver-
bale Nachbereitung des familiären Wo-
chenendes. Es war ihm sowas von egal, ob
irgendein Enkel versetzte Blähungen hatte
oder seinen ersten Zahn bekam. Er kon-
zentrierte sich viel lieber auf seine Arbeit
und erledigte sie *so*, wie er es schon immer
gemacht hatte: Mit Stift und Papier, denn
Neuerungen waren nicht sein Fall. Dem
Computer hatte er sich konsequent verwei-
gert, mit Erfolg.

Zum Glück gab es in seinem Betrieb eine
Bestimmung, dass Leute über sechzig nicht
mehr zur Schulung müssten. Somit hatte er
Ruhe. Die jüngeren Kollegen gingen mit

dem Computer viel leichter um, sie wurden mit ihm groß, kamen mit den ständigen Veränderungen und Updates spielend klar. Sie lächelten Werner Kalkbrenner an, fanden ihn toll, gingen warmherzig mit ihm um und meinten: „Das Neue ist nichts mehr für Sie, viel zu kompliziert. Wir haben's auch manchmal schwer." Ihre liebevolle Art gefiel ihm. Er spürte ein wenig Achtung. Wenn sie aber anschließend sagten: „Wir verstehen das, *Kalki*", war alles wieder dahin. Er merkte schon, dass er in die Firma nicht mehr richtig reingehörte. Die Kollegen wurden immer jünger, die Aufgaben umfangreicher und komplizierter. Er fühlte sich geduldet, bekam gewissermaßen sein Gnadenbrot. Er war schräg, aber querulatorisch?

Als sein Chef vor einem Jahr in Rente ging, hatte er, Werner Kalkbrenner, ein großes Problem. Eine jüngere Person wurde ihm vor die Nase gesetzt und diese war auch noch weiblich. Der Druck auf ihn erhöhte sich, das spürte er. Aber heute würde sich alles ändern, er ging in Gedanken seine wenigen Sätze durch: *„Ich danke euch allen, dass ihr es bis zum Schluss mit mir ausgehalten habt. Ich möchte auch dem Betrieb nicht weiter auf der Tasche liegen. Das mit der Betriebsrente muss nicht sein. Wirklich nicht. Danken möchte ich an dieser Stelle vor allem meinem Kollegen Ecki, er hat mich quasi hinter dem Rücken aller an die neue Technik herangeführt, er hat mir zum Beispiel den neuen 3-D-Drucker erklärt und ich lernte, wie man ihn bedient. Geübt habe ich nach dem Dienst und am Wochenende, nun kann ich sogar etwas ausdrucken. Und hier ist das Resultat …“*

Abrupt wurde er aus seinen Gedanken gerissen, denn ohne anzuklopfen oder vorher anzurufen, wurde seine Bürotür aufgestoßen. Die Chefin kam mit einem Biedermeierstrauß in der Hand und mit einer Kollegin von der Gewerkschaft im

Schlepptau herein. Sie lächelten ihn an. Werner Kalkbrenner verstand sofort: Keine Verabschiedung in der Kantine, nein, nur hier im kleinsten Kreise. Er stand auf, stellte sich zu ihnen, zupfte an seinem Jackett. Die Chefin begann mit einer kurzen Dankesrede, verwendete gängige Textbausteine, sprach über ihn, ohne ihn wirklich zu kennen, bedankte sich für seine Pünktlichkeit, seine Genauigkeit in der Arbeit und würdigte seinen Gerechtigkeitssinn. Zum Schluss meinte sie: „Wir werden Sie sehr vermissen … Nutzen Sie die neue Zeit in der Familie …"

„Ich habe keine Familie", sagte er, „ich bin allein. Mein Leben war die Arbeit und hätte mich Ecki nicht so geduldig an den neuen 3-D-Drucker herangeführt …, würde ich jetzt mit leeren Händen dastehen."

Werner Kalkbrenner zog aus der Jackentasche einen Revolver. Er lag gut in seiner Hand, sah aus wie echt, ein Modell ganz in

Weiß. Vielleicht hatte wegen der unge-
wöhnlichen Farbe niemand Angst.

„Der sieht ja toll aus, aber in Weiß? Ich
weiß nicht", meinte die Chefin.

Ihre Begleiterin fragte: „Ist da auch eine
Kugel drin?"

Werner Kalkbrenner sagte: „Ja. Ihr sollt
mich in guter Erinnerung behalten."

Dann setzte er den Revolver unter sein
Kinn, korrigierte die Flugrichtung. Es fiel
ihm keiner in den Arm, weil niemand
glaubte, dass der Revolver tatsächlich
funktionieren würde. Werner Kalkbrenner
drückte ab. Sein Blut spritzte in alle Rich-
tungen, traf die Chefin und deren Begleiterin, die Wand, den Fußboden und auch seinen Schreibtisch.

Nachdem das Kreischen der Frauen ver-
klungen war, sagte die Chefin: „Na, da hat
er es uns zum Schluss noch einmal richtig
gegeben. Dieser Querulant."

Der 30-Euro-Schnitt

Bayern, Februar 2019

Eugen Hörtle wurde vom Geräusch einer Kettensäge geweckt. Er rieb sich die Augen, stand mürrisch auf, sah aus dem Fenster, konnte aber die Lärmquelle nicht entdecken. Es war 8.30 Uhr.

„Naja", dachte er sich. „Wenigstens nicht mehr ganz so früh."

In seinem Alter hatte er es satt, ständig früh geweckt zu werden. Aber das waren nun mal die Zeiten. Zu seiner Linken hatten die Nachbarn verkauft, und die Neuen begannen zu bauen. Ein halbes Jahr

Bauzeit, täglich ab 07.00 Uhr. Das war überstanden.

Doch jetzt wieder Krach. Eugen zog sich warm an und verließ das Haus. Er ging zum Wasser runter und freute sich wie vor zwanzig Jahren über dieses Stückchen Land. Vielleicht würde er es auch einmal verlassen, verkaufen, wegziehen und das Geld ausgeben. Aber zurzeit konnte er noch gut für Haus und Garten sorgen.

Auf dem Wasser war die Eisschicht nur noch dünn, der Winter verlor seine Kraft, die Sonne wurde immer stärker. Ein leichter Wind wehte ihm die langen Enden seiner Trauerweide in den Nacken, und er erinnerte sich, wie er sommers gleich hier, am Grundstück sitzend, angelte.

Plötzlich wieder das Geräusch. Eugen Hörtle hatte fast vergessen, warum er raus und zum Wasser gegangen war. Ein Blick nach rechts und alles war klar. Der Nachbar ließ einen Baum fällen. Interessiert sah

Hörtle den Arbeitern zu. Stück für Stück wurden von oben die Äste abgetragen. Fachmännisch. Einer saß im Baum, befestigte den Ast an einem Seil, das über einen weiteren Ast gespannt wurde. Ein Zweiter sicherte. Dann sägte der Erste. Der Zweite ließ den abgeschnittenen Ast langsam runter. Unten trennte er die Zweige ab, zerschnitt den Ast in Meterstücke und belud den Anhänger. Die Zweige häckselte er gleich. Dann wurde der Stamm von oben in Stücken abgetragen. Wieder sah alles sehr gekonnt aus.

Eugen sah sich gern solche Arbeitsabläufe an, es war für ihn wie eine Schulung. Vieles kann man sogar allein machen, wenn man nur weiß, wie es geht.

Trotzdem rief er die Holzfäller zu sich an den Gartenzaum, als sie gerade eine kleine Pause machen wollten. Er fragte sie, ob sie ihm nach getaner Arbeit nicht auch noch einen Ast absägen könnten; zumal sie bereits hier seien und für ihn eine Anfahrt entfallen würde. Er zeigte zu seiner Trauerweide.

„Der eine Ast stört mich. Der da, der so quer rüber geht. Immer, wenn ich meine Angel auswerfen will, verheddert sie sich in den Zweigen. Hab auch eine eigene Säge; aber wenn ihr schon mal hier seid? Das wäre ja nur ein Schnitt! Was soll er denn kosten?"

Die Baumfäller sahen sich an, sahen zur Trauerweide und schätzten den Aufwand ab: „30 Euro müssten wir schon nehmen, mit Rechnung", sagte der eine.

„Und ohne?", fragte Eugen.

„Ohne Rechnung machen wir nicht."

„Ich überleg's mir."

Eugen ging in sein Haus, machte sich einen Kaffee und frühstückte. Dann dachte er über den Preis nach. Natürlich hatte er die 30 Euro. Aber als er vor neun Jahren in Rente ging, war diese nicht so hoch ausgefallen. Und von 30 Euro konnte er fast eine ganze Woche lang leben.

Und wenn er die Angel nicht so weit aus-werfen würde, wäre der Schnitt gar nicht notwendig. Also, was soll's? Ich werde es ihnen sagen, dachte er sich.

Eugen Hörtle stand nun wieder am Zaun und sah den Baumfällern zu. Alles sah so spielend leicht aus. Als sie fertig waren, winkte er sie noch einmal zu sich.

„Ich hab's mir überlegt", sagte er. „Die 30 Euro sind mir zu viel. Ist doch eine ganz schöne Summe für nur einen Ast. Werdet ihr auch merken, wenn ihr mal in Rente seid! Und so sehr stört mich der Ast nun auch wieder nicht. Nochmals vielen Dank für alles."

„Nicht dafür!", sagten die Baumfäller und zogen davon.

Wenn ihm der Antrieb nicht immer feh-len würde, wäre Eugen Hörtle viel zufriedener. Wenn er nachts nicht schlafen kann, denkt er sich: Morgen, nach dem Frühstück, machst du das und das. Es ist ganz einfach: Du nimmst die Astschere und beschneidest den Apfelbaum. Die langen Wasserruten vom Vorjahr kürzt du, sägst ein paar Zweige raus und schon ist alles erledigt. … Wenn früh aber der eigene Antrieb fehlt, bleibt so einiges liegen. Andererseits kann er es sich erlauben, den ganzen Tag nichts zu machen.

Diesmal war es ähnlich. Vorgenommen hatte er es sich schon oft. Doch jetzt war der Eindruck noch frisch. Die Abläufe konnte er locker alleine erledigen und dann würde er sich für den einen Schnitt die 30 Euro selbst auszahlen. Genau so würde er es jetzt machen. ‚Machen' war das Zauberwort.

Eugen Hörtle holte einen Spanngurt, die Kettensäge und die Leiter aus dem Schuppen, schaffte alles zur Trauerweide und sagte sich: „Das mit dem Spanngurt lass ich mal. Wenn ich den Ast absäge, kann er ruhig runterfallen. Also nur die Leiter ausfahren und anlehnen, auf festen Stand achten, alles klar. ... Aber nicht die Leiter gleich am Stamm anlehnen und sägen. Lieber erst mal von der eigentlichen Stelle einen Meter entfernt den ersten Schnitt machen und wenn der erledigt ist, am Stamm noch einmal sägen. Nur so sieht alles sauber aus." Gedacht, getan.

Eugen Hörtle stellte die ausgeklappte Leiter auf, kletterte rauf, wieder runter, korrigierte den Stand, kletterte wieder rauf, war zufrieden. Wieder unten, probierte er seine Kettensäge aus. Sie surrte kraftvoll. Mit beiden Händen müsste er sie eigentlich halten und dabei zwei Schalter drücken. Viel zu umständlich. Deshalb hatte er sich einen Draht so gebogen, dass sie nicht mehr von alleine ausging.

Noch unten stehend, brachte er sie zum

Laufen und kletterte mit ihr die Leiter rauf. Jetzt stand Hörtle in gut 3 Meter Höhe, presste seinen Körper gegen die Leiter, hielt mit beiden Händen die Säge, lehnte sich vor zum Ast, hielt die Säge an und drückte. Die Säge fraß sich nur wenig in das Holz. Hörtle drückte noch mehr. Plötzlich spürte er, dass die Leiter nachgab, allmählich im Boden versank? Sich neigte? Oder wurde ihm schwindlig? Woran sollte er sich festhalten? Es ging abwärts! Er hielt sich … der Ast war zu weit weg … die Leiter neigte sich … an der Säge fest. Als Hörtle unten aufschlug, fraß sich die laufende Säge in seinen Hals. Die Schlagader war sofort durchtrennt, das Blut strömte und die Säge surrte weiter. Ein nicht enden wollendes Geräusch.

Eugen Hörtle hatte 30 Euro gespart; aber er konnte sie sich nicht mehr auszahlen.

Peter

„So einfach soll das gehen?" Rosi Winter
erinnerte sich an Franks Sturz von der stei-
len Küste, und sie hatte noch das Bild vor
Augen, wie ihn das Meer mit hinausnahm.
Er verschwand, ohne ihr Zutun.

Sollte die Polizei jemals versuchen, seine
letzte Fahrt zu rekonstruieren, so böte sich
folgendes: Selbst wenn auf dem Weg zur
Ostsee sein Smartphone eingeschaltet war,
und man die Handydaten von seinem Provider einholen würde, wären diese unvoll-
ständig, da sie spätestens dann endeten, als
er in dieses Funkloch einfuhr. Frank verschwand. Wie auch später sein alter Golf.

Rosi Winter hatte den Wagen ins Nachbarland gefahren, auf einem Marktplatz abgestellt und den Schlüssel stecken lassen. Noch im Café am Platze sitzend, hatte sie beobachtet, wie ein *Nachnutzer* mit dem Wagen davonfuhr. Das Auto würde wohl niemand wiederfinden. Weder die Versicherung, noch die Polizei.

In der Imbiss-Ecke ihrer Kaufhalle saß sie gern. Dort lag der *Nordkurier* aus, in dem sie blättern konnte, während sie ihre Tagessuppe löffelte. Rosi Winter äußerte sich zu keinem, fragte niemanden, ob etwas Aufregendes geschehen sei. Sie hörte nur zu.

Drei Monate vergingen. Frank war kein Thema. Alles blieb ruhig.

Sie spürte, dass sie weitermachen konnte. Der offenen Rechnungen wegen. Und um der Gerechtigkeit willen.

Bald würde ein Tief über die Küste hinweg ziehen und ihren Wanderweg rutschig machen. Gefährlich für Städter. Gut für ihren zweiten Gast:

„Mensch, Rosi! Dass du mich noch einmal einlädst, hätte ich, ehrlich gesagt, nicht gedacht. Aber so ändert man sich", sagte Peter zur Begrüßung.

„*Frau* sich. So ändert *frau* sich", korrigierte ihn Rosi und lächelte dabei.

„Okay, okay. Das letzte Wort liegt bei dir. Wie gehabt", meinte er.

„Nun sei doch nicht gleich wieder eingeschnappt. Ich will dich teilhaben lassen, dir zeigen, wie ich meinen Ruhestand verbringe. ... Kommt da etwa Neid auf?", provozierte sie.

„Ja-ein", sagte er, blickte sich um, sah durch das große Fenster aufs Meer und meinte: „Ist bestimmt alles toll, für drei Wochen. Aber immer hier wohnen?" Er zuckte unschlüssig mit seinen Schultern.

„Komm", sagte sie. „Ich kenn dich, Peter. Im Innern findest du das hier *affengeil*. Kannst es aber nicht zugeben, weil *du* es nicht erreicht hast, sondern ich."

Säuerlich antwortete er: „Dann muss sich ja die Ehe *nach* mir für dich gelohnt haben. Denn ganz billig war das hier bestimmt nicht."

„Ach Peter, nun *freu* dich doch mal mit mir! … Du bist ja wie früher … weißt du noch, wie sauer du warst, als sie im Betrieb deinen Kumpel befördert hatten und nicht dich … Man warst du stinkig. Und zu Hause hast du dich abreagiert. Ich weiß noch sehr genau, wie schnell dir die Hand ausrutschte. Bei jeder Kleinigkeit. Und wehe, wenn ich Widerspruch übte! Die blauen Flecke hab' ich von meiner Freundin fotografieren lassen. Wusstest du das eigentlich?"

„Du hast *was*?", rastete er aus. „Du hast Beweise gesammelt? Gegen mich?" Seine

Hand zuckte kurz, doch er beherrschte sich: „Damit kannst du gar nichts anfangen. Was bedeuten schon ein paar blaue Flecke? Die kannst du dir sonst wo geholt haben. Und warum hast du mich nicht angezeigt, damals?"

„Weil ich mich schämte! Für dich! Und für mich schämte ich mich! Sollten denn alle in der Straße und im Betrieb wissen, dass du ein *Schläger* bist? … Nein, das wollte ich nicht. Ich sehnte mich so nach einer harmonischen Ehe, nach meinem kleinen Glück. Da passte kein Schläger hinein. Allen hab' ich etwas vorgemacht, um diese heile Welt nach außen …", sie schluchzte.

Peter sagte: „Das ist doch eine Ewigkeit her, da ist Gras drüber gewachsen. Heute findest du keinen mehr, der sich dafür interessiert."

Rosi Winter lächelte. Ja, das wusste sie. Das war ja die Ungerechtigkeit.

Als sie rausgingen, zeigte sich die Küste

von ihrer schönen Seite. Nach dem Regen türmten sich Haufenwolken zweistöckig und ergänzten das Bild überm Horizont. „Hier kann man einen ganzen Jahreskalender knipsen", schwärmte Peter. Er holte sein Smartphone hervor und begann.

Erschrocken fragte sie: „Sag mal, hast du 'ne Funkverbindung?"

Er sah auf sein Display: „Nein, kein Netz. Naja, hier draußen, kein Wunder … Aber ich will noch ein paar Fotos machen. Komm, lass uns laufen …"

Besser konnte es sich nicht fügen. Peter brachte zwar kein Lob über die Lippen, was ihr Häuschen betraf; aber für die Landschaft begeisterte er sich … und Rosi kannte den Weg.

Es war wie vor drei Monaten. Nur erkundete *Peter* diesmal die steile Küste. Mit seinem Kamerablick. Rosi Winter hatte Mühe, ihm zu folgen.

An der wirklich schönsten Stelle wartete er auf sie. Er wollte unbedingt ein Foto von sich machen, ein Selfie. Und Rosi sollte auch mit drauf sein. Er nahm sie in den Arm und mit der anderen Hand richtete er das Bild ein, knipste mehrmals, war aber nicht zufrieden. Er löste sich von Rosi und sagte: „Ich muss weiter an den Rand. Man sieht auf dem Bild gar nicht, wie tief es runtergeht." Er ging mit dem Handy in der Hand weiter rückwärts. Bis da nichts mehr war und er ins Leere trat ..., nur sein Schrei war kurz zu hören.

Rosi Winter sah vorsichtig über den Klippenrand und als sie merkte, dass sich Peter nicht mehr bewegte, holte sie tief Luft. Mit ihren Armen fuchtelte sie erst, als sie Wanderer bemerkte. Aufgeregt winkte Rosi sie herbei: „Haben Sie ein Handy? So eines, das auch hier Empfang hat?"

„Nee", sagte der junge Mann. „Leider

nicht. Aber unser Auto steht gleich in der Nähe. Wir können Hilfe holen."

„Ja, wenn Sie das machen würden …? Dann warte ich hier. Ist das okay für sie?", fragte Rosi Winter.

Das Pärchen nickte und sie eilten davon.

Das Meer würde Peter nicht hinaustragen. Die See war zu ruhig. *Sturz in den Tod beim Selfie machen.* So könnte es morgen im *Nordkurier* stehen. Oder übermorgen.

Das war Peter.

Lars folgt später.

Hans

„Ach Elsa, es tut mir ja so leid für dich",
versuchte sich Helga zu entschuldigen.
„Aber ich fühle mich völlig *un*schuldig.
Katzen suchen sich auch ihr Zuhause alleine aus."

Elsa sah aus dem Fenster des Cafés und
dachte: *Sie kann doch nicht Hans mit einer
Katze vergleichen! ... Aber warum eigentlich
nicht?* Elsa hantierte an ihrem Kaffee
herum, versuchte mit dem Löffel den
Schaum wegzuschieben und trank schließlich einen Schluck. Dann legte sie eine
Hand auf Helgas Arm, drückte ihn leicht
und sagte ganz ruhig: „Ist schon gut. Ich

hatte ihn lange genug. Nach 50 Jahren kann ich auch mal loslassen."

Helga war erleichtert: „Ich find das ganz toll von dir, dass du das so locker siehst. Weißt du was, wir drei können doch Freunde bleiben."

Elsa nickte. „Ja, warum nicht. Wenn er bockt und nicht mehr will, dann rufst du einfach durch und fragst mich, wie du ihn wieder zum Laufen kriegst."

Jetzt kicherte Helga: „Wie so 'n altes Küchengerät. … Und wie lange darf ich dich abends anrufen?"

„Wann geht ihr denn zu Bett?", fragte Elsa zurück.

„Na, das weißt du doch! Um zehn ist das Licht aus", meinte Helga.

„Gut. Dann maximal bis acht. Somit schließen wir den Schweinskram von vornherein aus", antwortete Elsa und lächelte dabei.

„Ach", winkte Helga ab. „So weit sind

wir noch lange nicht. Er ist doch erst drei Tage bei mir. … Es ist alles so aufregend. Und dass du so großherzig bist. Gar nicht böse mit uns."

„Ist schon gut. Wir hatten unsere Zeit und alles war auch nicht immer rosig. Nach unseren Turteljahren folgten die Herrenjahre. Dann die Feldherrenjahre und wehe, man tanzte nicht nach seiner Pfeife … Dann wurde er ungenießbar, war aufbrausend. … Nein, jähzornig war er nicht."

„Was du nur hast? Bei mir ist er nur lieb, anschmiegsam, ruhig und ausgeglichen. Er isst, was ich koche. Einen besseren Mann kann ich mir nicht vorstellen", meinte Helga. Aber was wusste sie schon vom Leben? Hans war ihre *erste* Erfahrung.

Die Kellnerin scharwenzelte um die beiden Damen herum und forderte sich ein zustimmendes Nicken ein. Zwei Glas Weißwein bestellte Elsa. Von Helga wollte sie wissen, ob Hans bei ihr *geklingelt* hatte?

„Das war ganz komisch", berichtete Helga: „Ich war zu Hause, hörte Geräusche an meiner Haustür, dachte schon, es wäre ein Einbrecher. Ich überlegte, was ich machen sollte? Die Polizei rufen? ... Dann nahm ich den Ofenhaken und öffnete ruckartig die Tür. Und da stand Hans mit seinem Schlüsselbund in der Hand. Er wunderte sich, dass er den Schlüssel nicht ins Schloss bekam. Tja, so ist das nun mal, wenn man ins *falsche* Reihenhaus will. Sehen ja auch alle irgendwie gleich aus. War glaubhaft. Ich bat ihn rein, wir unterhielten uns lange und er blieb einfach."

„Ja, bis *ich* dann anrief."

„Genau. Es war komisch. Auf jeden Fall fragte ich dich, ob er nicht über Nacht bei mir bleiben darf. ... Und du hast einfach *ja* gesagt!"

„Warum denn nicht? Wir sind doch erwachsene Leute. Wenn er sich bei dir wohl fühlt, und du ihn magst, dann haben alle etwas davon."

Die Kellnerin brachte den Wein, und sie prosteten sich zu.

„Aber du, Elsa, bist doch jetzt allein. Bist du da nicht traurig?"

„Nein, ganz bestimmt nicht. Aber lass uns einen Deal machen. Du hast jetzt Hans, er *ist* bei dir und er *bleibt* auch dort. Bis dass der Tod euch … ach, lassen wir das. Aber im Ernst, er bleibt bei dir und es gibt kein Zurück mehr. Einverstanden?"

„Ähm, das geht aber schnell. Ob ich einverstanden bin? Ich überlege mal. Ohne Rückgaberecht?"

„Genau. *Die Ware Hans* ist vom Umtausch ausgeschlossen!"

„Ich denke", sagte Helga, „lange genug war ich allein. Hab' überall nur Pärchen gesehen. War immer nur das fünfte Rad am Wagen. Es war oft nett, aber nicht immer. Ich störte nur. Bin oft genug gegangen, wenn's … Lass Hans doch jähzornig sein!

Besser als gar kein Hans. Schöne blaue Augen hat er übrigens.   Und wollt ihr euch scheiden lassen?"

„Ach, muss nicht sein. Verdienen nur die Behörden dran. Wilde Ehe. Das könn' wir auch im Alter. Meinen Segen habt ihr. Aber für immer. Ohne Rückgaberecht, wie gesagt. Und red dich nicht mit einem *Haustürgeschäft* raus! Also, was ist?"

„Mein Herz sagt ja, mein Bauch sagt ja, nur mein Verstand sieht den Haken noch nicht", meinte Helga.

„Es gibt keinen Haken. Wir werden alt und älter, auch krank und kränker … Also, du nimmst ihn für immer!", bestimmte Elsa.

Helga überlegte weiter: „Wir verstehen uns prima, er ist ruhig, lächelt mich an, und ich bin nicht mehr einsam. … Kann ich jetzt den Telefon-Joker nutzen?"

„Wen willst du denn anrufen? Seinen Hausarzt? … Telefon-Joker ist verboten!

Du nimmst ihn, ja? Und behältst ihn, ja? Ich bin jetzt die Standesbeamtin und frage dich ein letztes Mal: Wollen Sie ..."

„Ja, ich will!", brach es aus Helga heraus. Nun nahm *sie* Elsas Hände, drückte sie und fragte: „Wo ist der Haken?"

„Einen Haken? ... Hans ist so handzahm, weil ..."

„Wo ist der Haken?", fragte Helga eindringlich.

Elsa sah verlegen zur Seite: „Nun ja, Hans hatte letzte Woche einen leichten Schlaganfall."

Der Fleischer

Ganz langsam zog er seine Küchenmesser über den Wetzstein. Scharf sollten sie sein. Auch wenn er sie nicht täglich brauchte. Ein unscharfes Messer gab es nicht bei einem richtigen Fleischer. Das hatte er gelernt in seiner Lehre. Den Umgang mit dem Werkzeug verinnerlicht.

Er sei richtig gut, meinte sein Meister; aber die Umsätze der Fleischerei gingen zurück und er könne ihn nicht weiter beschäftigen. Die Konkurrenz sei zu groß. Sogar vermitteln wollte er ihn. Doch selbst im Schlachthof kam er nicht unter. Alle Stellen waren besetzt.

Auf dem Amt bekam er eine Nummer. Bewerben müsse er sich. Und sich vorstellen, wenn ihm ein Job angeboten wird. Ein paar Mal hat er das gemacht. Dann nicht mehr. Aufforderungen kam er nicht nach. Es folgten Leistungskürzungen. Nun war er immer nur zu Hause, sah sich die Wände an und seine Frau. Sie stritten. „Du bist ein Versager", beschimpfte sie ihn. Sie und ihr Sohn würden versauern, ihr Leben sei verpfuscht. Sie hätten von ihm mehr erwartet.

Dann kam Besuch. Immer öfter. Als dieser über Nacht blieb, zog *er* ins Kinderzimmer. Das ging eine Weile so. Nun war er oft in der *Feuchten Ecke*. Da hörte man wenigstens zu und gab ihm recht. Schließlich hielt er es nicht mehr aus, zog … *geduldet* … zurück zu seinen Eltern. Doch auch sie hatten ihre Sorgen. Und seine vermeintlich glückliche Kinderzeit fand er nicht mehr vor. Wieso war sein Blick so verklärt, fragte er sich. Die Schläge seines Vaters und die

Erniedrigungen der Mutter hatte er verdrängt. Aus Selbstschutz, um damit klarzukommen, erklärte er sich. Doch nun stürzte wieder alles geballt auf ihn ein. Ihren Frust, ihre Lebensenttäuschung richteten die Eltern jetzt gegen ihn: „Du jämmerlicher Versager! Hast dein Leben mit neunundzwanzig noch immer nicht im Griff, krauchst zu deinen Eltern. Andere in deinem Alter ... du frisst uns die Haare vom Kopf ... dabei hatten wir die ganzen Jahre nur Entbehrungen ... alles deinetwegen."

„Soll ich was kochen? Gulasch zum Beispiel?", fragte er einlenkend.

„Mach schon!", schnauzte der Vater, „und geh auch mal einkaufen. Lebensmittel meine ich. Nicht immer nur Alkohol."

Bevor er in der Küche anfing, zog er wieder seine Messer über den Wetzstein. Er fragte sich: Wieviel kann man einem zumuten? Wieviel Erniedrigung? Wie viele

Demütigungen? Dass er nicht gemocht wurde, spürte er im ganzen Körper. Wie lange würden sie es noch gemeinsam in diesem elterlichen Haus aushalten? Dabei brauchte er doch nur so wenig. Ein kleines Zimmer genügte ihm.

Tags drauf kamen sie wegen einer Nichtigkeit in Streit. Die Eltern forderten, er solle wieder ausziehen. Mit einem Nichtsnutz könnten sie nicht unter einem Dach leben. Sie fühlten sich belauert. Er würde doch nur darauf warten, bis sie, die Eltern, stürben. Nein, in ihrem Nest wollten sie ihn nicht haben. Sie hätten keine Luft zum Atmen. Den Anfeindungen folgte der Rauswurf zum nächsten Tag.

Er wartete, bis sie schliefen. Dann nahm er die scharfen Messer, erstach seine Eltern, zerteilte und portionierte sie. Vakuumverpackt warf er später die Päckchen in die Abfallcontainer hinter der Kaufhalle.

Er war erleichtert und fühlte sich befreit. Doch irgendwann würde alles auffliegen.

Die Päckchen, ohne Aufkleber, wurden von den Ärmsten der Stadt beim Containern gefunden. Sie freuten sich riesig über Nackensteaks, Leber, Nieren, Gulasch und Hirn. „Was für ein Glückstag, lasst uns feiern", riefen sie sich zu, „jetzt müssen wir aber ordentlich reinhauen, sonst wird das alles noch schlecht!"

Lars

„Er wollte ein Selfie machen", sagte Rosi Winter zur Polizistin. „Erst hatte er uns beide fotografiert. Dann wollte er näher an die Kante. Zum Glück ohne mich. Er sah ständig auf sein Smartphone und ging dabei rückwärts. Bis er ins Leere trat." Sie zog ratlos die Schultern hoch.

„Geben Sie sich keine Schuld, hier sind schon einige abgestürzt", sagte die Polizistin, „vielleicht sollte die Gemeinde *doch* ein Geländer aufstellen?"

Vorsichtig näherten sich beide Frauen in gebückter Haltung dem Klippenrand. Unten sahen sie den Notarzt hantieren. Dann traten sie langsam wieder zurück.

„In welcher Beziehung stehen Sie zum Verunfallten?"

„Wir waren verheiratet."

Die Polizistin nickte: „Die Steilküste hat einen Spitznamen: *Der Witwenmacher*."

„Nein, nein", stellte Rosi Winter richtig. „Wir *waren* mal verheiratet, ist ein paar Jahre her. Er besuchte mich jetzt. Ich wohne hier ganz in der Nähe."

„Ah! *Sie* wohnen jetzt da?", fragte die Polizistin. Sie machte eine Kopfbewegung zu dem Häuschen an der Steilküste: „Stand lange leer ... Ich war mal drin. Richtig toll."

„Find ich auch."

„Und ..., schon eingelebt?"

Rosi Winter schüttelte den Kopf: „Das dauert wohl noch eine ganze Weile. Die Leute hier sind sehr verschlossen ... Von Zeit zu Zeit lade ich mir Freunde ein. Von früher. Um *Abschied* zu nehmen."

„Sie stammen aus Berlin?", fragte die

Polizistin.

„Ja. Hört man das?"

„Hm … Ich war mal da. Mit meinem Mann zu Madame Tussauds, abends zur Show im Friedrichstadtpalast, am nächsten Vormittag Stadtrundfahrt und wieder zurück … noch heute schwärmen wir davon."

„Ja. Von dort bin ich weg."

„Hier ist es ganz anders", meinte die Polizistin, „aber auch schön."

Rosi Winter fragte: „Und wie geht es nun weiter?"

„Bei einem unnatürlichen Tod wird eine Autopsie gemacht. Das Ergebnis müssen wir abwarten …"

„Ja, das kenn ich aus Filmen. Wie kann ich helfen …?"

„Ach ja, kommen Sie doch morgen mal aufs Revier."

„Hm, ja. Warum?"

„Sie müssen sich noch anmelden."

Die Untersuchung von Peters Leiche ergab keinen Hinweis auf äußere Gewalteinwirkung. Weder Kampfspuren noch fremde DNA unter seinen Fingernägeln wurden gefunden. Alkohol und Drogen konnten ausgeschlossen werden. Die Faserspuren auf seiner Kleidung stammten von Rosi Winter; erklärten sich aber durch die Fotos.

Es vergingen Monate. Ein Geländer und Warnschilder wurden aufgestellt, die Leute beruhigten sich.

Rosi zog Bilanz: Sie hatte zweimal Gerechtigkeit walten lassen. War selbst zweimal davongekommen.

Blieb noch Lars. Er hatte sie nicht geschlagen oder missbraucht. Aber fasst in den Ruin gestürzt. Er hatte immer einen Tipp für andere. Er jonglierte mit Geld, dass ihm nicht gehörte, pokerte und ging in Wettbüros. Auch an der Börse verlor er

Geld. Das Glück war nicht an seiner Seite und irgendwann war es Rosi auch nicht mehr. Sie fand den Absprung, bevor es eskalierte.

„Mensch Rosi, was ist denn das für eine tolle Hütte?", entfuhr es Lars. Er schritt alles ab, taxierte wie ein Makler das Grundstück, das Haus und die Einrichtung. Dann fragte er: „Wie viel soll ich für dich rausholen? Na komm, nenn schon eine Summe!"

„Hey, hier steht nix zum Verkauf. Oder musst du von der Provision wieder Löcher stopfen?"

„Das Geld kommt und geht", meinte er vielsagend.

Sie nahm seine Hände und prüfte die Finger: „Sind ja noch alle dran! Die Geldeintreiber haben dich bisher verschont?"

Lars zog seine Hände zurück: „Dieser Ruf haftet mir wohl ewig an? … Ich bin ganz solide geworden", sagte er lächelnd.

„Das sollte man auch bei einer

Privatinsolvenz."

„Sag ich doch: Du bist nachtragend. Dabei kannst du froh sein …"

„… mit dir gelebt zu haben? Ja, langweilig war es nie."

„Froh sein, dass ich dich *nicht* mit hineingezogen habe. Andere meiner Spezies haben für ihre Geschäfte die Frauen bürgen lassen und sind dann selbst abgetaucht."

„Das ist aber fies", meinte Rosi Winter.

Lars fragte: „Woll'n wir draußen eine rauchen?"

„Ja", sie war schon an der Garderobe, als sie Lars stammeln hörte: „Es ist nur … meine sind grad alle. Hast *du* vielleicht welche?"

„Kein Problem. Ich will sowieso aufhören mit dem Rauchen. Eine halbe Stange habe ich noch. Kannst du gerne haben."

Lars strahlte wie bei einer Bescherung. Mit der Zigarette in der Hand, kam er sehr direkt auf seine Finanzen zu sprechen. Das

Geld für die Anreise habe er sich geliehen, in der Hoffnung hier oben etwas verdienen zu können. Aber wenn das alles nur ein *Schau-Termin* sei, dann habe er da etwas falsch verstanden. Es folgte sein Versuch, sie anzupumpen, verbunden mit dem Versprechen, es kurzfristig zurückzuzahlen. Mit Zinsen versteht sich.

Die Stimmung war gereizt. Sie kannte seine haltlosen Spinnereien, gab ihm eine klare Absage und überlegte, wie sie ihn schnell wieder loswerden könnte? … Da war ja noch der Weg an der Steilküste …

Lars ging auf ihren Wandervorschlag ein, zumal *Zeit* vergehen würde und er dann nicht mehr wegkäme. Mit seiner Überredungskunst hoffte er, noch ein Abendbrot, eine Übernachtung und ein Frühstück rausschlagen zu können. Danach würde er sich trollen.

Schließlich kamen sie an *die* Stelle des

Weges, die den schönsten Blick bot. Sie stützten sich auf das Geländer, sahen wie in der Tiefe das Meer an die Küste schlug. Sie lauschten den Naturgewalten und vernahmen einen anschwellenden immer lauter werdenden Ton. Rosi Winter drückte Lars blitzschnell in die Hocke, als auch schon eine Drohne über ihre Köpfe hinwegflog und genauso schnell wieder verschwand.

„Wow, das war knapp", meinte Lars. „Ich glaube, du hast mir gerad das Leben gerettet."

Sie hielten sich am Geländer fest. Rosi klopfte darauf und sagte: „Danke, Geländer. Hast uns einen guten Dienst erwiesen!"

„Kommt das hier öfter vor?", fragte Lars verängstigt.

Rosi fand keine Erklärung. Und zu sehen war niemand.

Nach diesem Schrecken war sogar die angespannte Stimmung weg. Und als sich Lars erholt hatte, begann er wieder vom Geld zu reden, das ihm fehlte. Er schaffte es, Rosis Mitleid zu wecken, was aber nicht bedeutete, dass sie ihm Geld lieh. Nein, da blieb sie hart. Aber sie ließ sich breitschlagen zur kostengünstigsten Variante der Heimreise am nächsten Morgen mit dem Überlandbus.

Nach dem Frühstück brachte sie Lars mit ihrem Auto in die Stadt, bezahlte das Ticket für den *Blitz-Bus* nach Berlin und wartete, bis er eingestiegen und tatsächlich losgefahren war. Ihr zögerliches Winken sagte: Wir werden uns nicht wiedersehen, wir sind zu verschieden und eigentlich war diese Einladung ein Fehler.

Abends hörte Rosi Winter im Radio die Meldung, dass ein *Blitz-Bus* auf dem Wege nach Berlin auf das Stauende aufgefahren war und durch die Wucht des Aufpralls gegen einen Brückenpfeiler geschleudert wurde. Der Fahrer sei vermutlich übermüdet gewesen. Es gab viele Tote und Schwerverletzte …

Die Nachricht war allgemein gehalten. Offen blieb, wann der Unfall passiert war und woher der Bus kam. … Aber eigentlich wollte Rosi Winter es gar nicht so genau wissen.

Das war Lars.

Aus war's.

Bobby Yes

Cardiff, Oktober 2020.

Bobby Yes wohnte mit seiner Freundin in einem Häuschen am Waldrand. Während sie einer geregelten Arbeit nachging, verbrachte Bobby seine Tage und Nächte mit dem Schreiben.

Vom Haus führte ein schmaler, schnurgerader Weg hinunter zur Straße. Dort unten befand sich an einem Pfahl sein Briefkasten. Manchmal kamen Wanderer den Weg entlang. Besucht hatte ihn hier noch nie jemand. Bobby Yes sah aus dem Fenster und traute seinen Augen nicht. Da kam doch tatsächlich jemand den Weg hinauf, direkt auf ihn zu.

„Gefunden!", rief der Fremde von weitem und wedelte mit irgendwelchen Papieren. Er hatte Bobby Yes aufgespürt. Obwohl sich manche Schreiberlinge regelrecht versteckten, freute sich Bobby Yes, dass ihn jemand aufgestöbert hatte.

Der lange Weg bis zum Haus brachte den Fremden ins Schnaufen. Oft dachte sich dieser: *Ach, hätte ich etwas Anständiges gelernt, dann müsste ich nicht Leute in der Einsamkeit ausfindig machen.* Die Talentsuche forderte ihm einiges ab. Aber als Agent eines großen US-Verlages war er immerhin auch am Erfolg beteiligt, also an den zukünftigen Umsätzen. Sein Job war es, gute Autoren zu finden und sie an den Verlag zu binden.

Nun war der Fremde am Häuschen angekommen. Eine Klingel gab es nicht. Also klopfte er mit seinen zarten Knöchelchen an die Holztür. *Aua,* dachte er. Es öffnete keiner. Durchs Fenster war nichts zu erkennen. Enttäuscht setzte er sich auf die Bank vor dem Haus.

In Gedanken ging er noch einmal seine Strategie durch: Er musste Bobby Yes loben, seine Texte in eine Reihe stellen mit anderen Größen, ein Angebot unterbreiten, ihn überzeugen und am besten mit seiner Unterschrift zurückkehren.

Plötzlich drangen Geräusche aus dem Haus. Es war also doch jemand da! Er sprang auf, wedelte mit seinen Papieren vor dem Fenster und klopfte diesmal an die Scheibe. Wieder *Aua.*

Endlich ging die Tür auf. Der Fremde fragte: „Hey, schön Sie zu sehen. Sind Sie Bobby Yes?"

„Ja, ich bin Bobby."

Der Fremde fuhr fort: „Nun … ich komme, weil … ich bin ein Agent."

„CIA oder KGB?"

„Ich bin Literaturagent und komme aus Amerika", sagte der Fremde. Er war von schmächtiger Statur und trug einen tadellos sitzenden Anzug.

„Ach ja? Und Sie irren sich nicht? Wollen wirklich zu mir?", fragte Bobby Yes ungläubig. Er hatte die Augen eines Bernhardiners, große Tränensäcke, Falten auf der Stirn und sein Haar stand wirr vom Kopfe ab. Da er niemanden erwartet hatte, lief er noch im Morgenmantel herum und es sah aus, als wäre er gerade erst aufgestanden. Irgendwie hatte es Bobby Yes noch nicht ganz realisiert, dass ein Literaturagent vor seiner Tür stand. Bisher hatten sich Verlage, die er anschrieb, gar nicht gemeldet, ihn abgelehnt oder günstigstenfalls vertröstet.

„Ich habe viele Texte von Ihnen im Internet gelesen … Google und so."

„Na toll. Die geben viel zu viel preis, da kauft ja keiner mehr. … Wollen Sie reinkommen? So schön ist das Oktoberwetter nun auch wieder nicht."

Der Agent trat ein, setzte sich, legte gleich den Vertrag auf den großen Tisch und schaute sich um. Es sah ordentlich aus. Das Feuer im offenen Kamin war eigenwillig. Der Rauch fand den Schornstein nicht, suchte sich einen Weg durch die Stube und ergab, mit der Feuchtigkeit des Hauses, einen eigenen Geruch.

„Darf ich etwas anbieten? Einen Whiskey vielleicht?", fragte Bobby Yes, „wie möchten Sie ihn: Mit Eis oder ohne?"

Der Agent wusste, dass sich hier die Geister schieden: „Oh, ich möchte wirklich nichts falsch machen und Sie eventuell verärgern. Ich weiß, die einen sagen, er muss zimmerwarm und nicht verwässert sein, die anderen nehmen ihn nur mit Eis zu sich. Ich sage mal: Ich trinke ihn so wie Sie."

Bobby Yes goss den zimmerwarmen

Whiskey ein und sie prosteten sich zu. Mit einem verstohlenen Blick zu seinem Computer fragte Bobby Yes direkt: „Was wollen Sie eigentlich von mir? Ich sitze gerade an einer neuen Story …"

Der Agent nickte ihm zu und sagte: „Reden wir nicht lange drum herum: Ich will die Veröffentlichungsrechte für unseren Verlag haben. Meine Chefs sagen, Sie würden mit Roald Dahl und Henry Slesar in einer Reihe stehen. *Ihr schreibt doch alle so ähnlich, ihr Engländer!* Wollen Sie Ihre Geschichten bei uns veröffentlichen? Ich verschaffe Ihnen Zugang zum amerikanischen Markt und der ist riesig."

Bobby Yes steckte sich den linken Zeigefinger ins Ohr und schüttelte ihn. Hatte er sich verhört? Was war das eben? Er in einer Reihe mit all den verstorbenen Größen? Er fragte sehr direkt: „Gibt es einen Vorschuss?"

„Ja, zehntausend. Wird später verrechnet. Einfach hier gegenzeichnen." Der Agent zeigte auf seine Papiere und Bobby Yes unterschrieb.

„Das war eine gute Entscheidung", sagte der Agent, „ich gratuliere Ihnen. Und noch einen guten Rat habe ich: Glauben Sie an sich. *Sie sind gut!* Das spüren unsere Leute und die haben ein Näschen dafür."

Wenn Sie dieses Buch weiterempfehlen
möchten, bin ich damit einverstanden.

Haben Sie eine Mitteilung für mich?
Ein Feedback?
Schreiben Sie mir eine E-Mail.

Die Adresse lautet: Roald.Dahl@gmx.de

Kein Scherz.